Der Kaktusforscher

Roman

Rainer Fischer

Der Kaktusforscher

Roman

zweite, etwas besser durchgesehene Ausgabe

Rainer Fischer

©Rainer Fischer 2016

Herstellung und Verlag: BoD - Books on Demand, Norderstedt
ISBN 978-3-8370-7772-8
Bibliografische Information der Deutschen Nationalbibliothek

mehr Informationen zum Autor unter www.druckraif.de

Das letzte, das Alexander Girlitz vorher noch bewusst wahrnahm, war ein kleines Stehcafé namens »Vitamin-Reich«, an dem er schon oft vorbeigekommen war. Der Name sollte zeigen, dass Fruchtsäfte die Spezialität des Hauses waren. Ein Plakat warb mit: »Vitamin-Spritze ohne Pieksen«, handgeschrieben auf farbigem Karton. Das altmodische und etwas schäbige Ambiente – soweit er von außen erkennen konnte, denn er war selbstverständlich niemals darin gewesen – schien ihm allerdings wenig mit Dingen wie Gesundheit und Fitness vereinbar. Die Einrichtung hatte höchstwahrscheinlich ein zweistelliges Alter, der Obstkorb auf der Theke sah wie eine künstliche Sechziger-Jahre-Büffet-Dekoration aus und nicht, als ob er tatsächlich zum Verzehr gedacht wäre. Hinter der Theke hantierte ein dicklicher, südländisch wirkender Mann mittleren Alters mit Kannen und Kuchentellern. In der Vorweihnachtszeit bot er auch Glühwein und Waffeln an. Alex konnte sich nicht erinnern, jemals einen Gast mit einem Saftglas gesehen zu haben. Gäste gab es dort hin und wieder schon, aber sie hatten Kaffeetassen vor sich und waren eher alt und übergewichtig. Mit einer Mischung aus Interesse für Ungewöhnliches und Abgestoßensein erblickte er das Café jedes Mal, wenn er vorbeikam, und er kam seit Jahren oft vorbei, denn das Café lag auf dem Weg von seiner Wohnung in die Innenstadt. Vor allem anderen aber richtete er sein Augenmerk auf die *Phoenix canarensis* im großen Schaufenster, die dort zwischen noch mehr Dekorationsobst stand. Ihr Stamm fing eine gute Hand breit über der Erde an, dazwischen breiteten sich bleistiftdicke Wurzeln aus. Trotz alledem schienen sowohl die Palme als auch das »Vitamin-Reich« ihr Auskommen zu haben, auch wenn Alex anfangs beim Passieren der Häuserecke mit dem Café den Bankrott desselben beziehungsweise das

Ableben der Zierpalme nur noch für eine Frage der Zeit hielt. Aber das war vor einigen Jahren gewesen, als er gerade hierhergezogen war. In dieser Stadt galten andere Maßstäbe, wie Alex mit der Zeit gelernt hatte, auch in ganz anderen Punkten.

Alex ging also weiter an diesem grauen Freitagnachmittag im November, an dem er sich freigenommen hatte und in der Innenstadt einkaufen wollte. Er ging den weiten Weg absichtlich zu Fuß. Jenseits des Cafés überquerte er das kleine, übel riechende Flüsschen, aber da hatte er sich bereits beim Laufen in seinen Gedanken verloren. Die Oberfläche einer Ananas im Schaufenster hatte in ihm die Erinnerung an Gitternetzlinien geweckt, die einer dreidimensionalen Wölbung folgten. Solche Darstellungen kannte er aus Lehrbüchern über nichtelementare Geometrie. An gekrümmte Ebenen erinnerte er sich, die als Beispiele für die gewölbte vierdimensionale Raumzeit dienen sollten. In seinem Kopf wölbten sie sich noch weiter und stärker. Am Ende seines Gedankenganges hatte er nicht nur einige erstaunliche Implikationen aus der Allgemeinen Relativitätstheorie gezogen – dazu gehörte noch nicht allzu viel, das passierte ständig auf diesem Planeten –, sondern ihm war eine Idee zu deren technischer Umsetzung gekommen, deren Details er im Kopf ausgearbeitet hatte. Es ging, grob gesagt, um die Realisierung von Zeitreisen mittels Verzerrung des Raum-Zeit-Kontinuums, die er durch speziell modulierte elektromagnetische Wechselfelder erreichen konnte.

Alexander Girlitz war Physiker, er hatte vor zwei Jahren seine Doktorarbeit abgeschlossen und arbeitete immer noch am Wernher-von-Braun-Institut für Angewandte Materialforschung in Radevormwald, wo er sein Geld mit eigentlich ganz gewöhnlicher anwendungsorientierter Forschung verdiente, die in keiner Weise so abgehoben war wie die Allgemeine Relativitätstheorie. Nachdem er von der Machbarkeit seiner überraschenden Entdeckung überzeugt war, beschloss er, sie zu verwirklichen. Die technischen Aufbauten zeichneten sich schon vor seinem inneren Auge ab, waren jedoch mit einigem Aufwand verbunden. Geräte mussten beschafft, einiges neu gebaut werden. Die Vorstellung, Projektentwürfe, Anträge für Forschungsmittel, Entwürfe, Arbeitspläne, Literaturübersichten und Ähnliches zu schreiben, Gutachtersitzungen über sich ergehen zu lassen und auch sonst sich bei wichtigen Leuten einzuschleimen, zog ihn wieder aus seiner höheren Sphäre herunter – so was hatte er bereits hinter und höchstwahrscheinlich noch oft vor sich, Sitzungen, die weitaus schlimmer waren als jede Prüfung, die er an der Universität oder in der Schule gehabt hatte, in denen er sich vorkam wie jemand, der wegen eines besonders abartigen Ritualmordes oder Steuerhinterziehung verurteilt werden sollte. Die Jurys bestanden hauptsächlich aus smarten Jungprofessoren, kaum älter als er, die nebenher noch Jungunternehmer waren und ihren knappen zeitlichen Ressourcen für Gutachtersitzungen opferten – grauenhaft! Er begann wieder, seine Umgebung wahrzunehmen, die Fußgängerzone im Stadtzentrum, die Geschäfte, die Passanten, die er überholte oder denen er im Entgegenkommen ausweichen musste – rätselhaft, wie er ohne Unfall so weit gekommen war. Außerdem hatte er jetzt das erste Geschäft erreicht, zu dem er unterwegs war, ein Biokosmetikladen namens »Naturbalsam«, in dem er seine fluoridfreie Zahncreme kaufte.

Auf den letzten Schritten zum Eingang fiel ihm eine junge Frau auf, die gerade das Geschäft verließ, vielleicht Mitte zwanzig, groß und offensichtlich sehr schlank unter dem dicken, schwarzen Kamelhaarmantel, den sie trug. Sie hatte glattes, hellblondes Haar, das sie streng zurückgebunden trug, und streng war auch ihr starrer Blick unter der hohen schmalen Stirn, voller Arroganz und darunter sehr verletzlich. Jedenfalls schien es Alex so. Oder vielleicht sah sie einfach nur beschränkt aus? Nein, definitiv intelligent. Ihre vorstehenden Wangenknochen ließen das Gesicht angespannt wirken. So wie sie war, wirkte sie unglaublich anziehend auf ihn.

Die Frau hatte Alex ebenfalls bemerkt und kurz angeschaut, dabei ihren abweisenden Gesichtsausdruck eher noch verstärkt. Vielleicht fand sie es unpassend für ihn als Mann, ein Geschäft für Naturkosmetik zu betreten. Sie ging ihm ebenso wenig aus dem Kopf wie sein vorher überschlagenes Vorhaben, auch wenn er damit zunächst weit mehr beschäftigt war. Beim Einkaufen war er dann auch reichlich zerstreut, aber zwei schicksalhafte Momente in so kurzer Zeit sind auch sehr ungewöhnlich. Alex ging weiter in ein Fachgeschäft für Aquaristik, um einen Sack feinen Quarzkies zu kaufen, danach in zwei Buchläden, in denen er nichts Bestimmtes suchte und auch nichts kaufte. Nachdem er noch ein paar Lebensmittel besorgt hatte, fuhr er mit der Straßenbahn nach Hause.

In der Bahn, als er einen Teil der beschlagenen Scheibe frei wischte, um hinauszuschauen in die Dämmerung, fand er die eigentliche Bedeutung dieses Nachmittages. Oder sie fand ihn, da er nicht danach gesucht hatte: Er war sich selbst wiederbegegnet. Seinen Träumen, Wünschen, Gedanken, von vor fünf Jahren, vor zehn Jahren... Seit langem wieder ein tieferer Gedanke aus freien Stücken wie der genialische Einfall zur Zeitreise. Tiefer im Sinne von konstruktiv und kreativ, nicht nur resigniert und analysierend. Ungezählte Versäumnisse meldeten sich wieder aus dem Bodensatz seines Gedächtnisses zurück. Vor allem aber der abweisende, arrogante, feindselige Ausdruck der blonden Frau beschäftigte ihn: Die gleiche Attitüde hatte er früher auch getragen. Als die erste Person Plural und die zweite Singular verboten waren, weil es nur noch ihn und die Anderen gab und niemanden dazwischen. Jedes Du war nach einiger Zeit so weit weg wie die feindselige Masse gewesen oder noch weiter. Während des Studiums konnte er sich so eine weltabweisende Haltung noch erlauben. Sie musste sich jetzt so fühlen wie er damals. Außerdem, damals wäre sie seine Traumfrau gewesen – oder heute immer noch? Unleugbar, dass er sie gern berührt, angefasst hätte. Jedes Detail, das er an ihr beobachtet hatte, war ihm noch präsent und würde es bleiben, wie eingebrannt.

Dr. Alexander Girlitz beschäftigte sich in seiner Arbeit mit der Messung von elektrischen Leitwerten, Magnetoresistenzen und Hall-Koeffizienten dünner metallischer Schichten unter Tieftemperatur- und Ultrahochvakuumbedingungen, was ihn eigentlich entsetzlich langweilte. Drohende Arbeitslosigkeit hatte ihn seinerzeit bewogen, eine Doktorandenstelle am Wernher-von-Braun-Institut für Angewandte Materialforschung in Radevormwald anzunehmen, obwohl er dafür aus seiner beschaulichen Universitätsstadt in die unbekannte Großstadt umziehen musste. Nach der Promotion war er, ausgestattet mit einem recht behaglichen Arbeitsvertrag, geblieben, obwohl er seine Arbeit nicht mochte und am allerwenigsten seinen Abteilungsleiter und Doktorvater, Professor Dr.-Ing. Dunkelfeld. Dieser schätzte zwar Alex' Arbeit, in gewissem Maße jedenfalls, aber ihn selbst weniger. Die Kommunikation zwischen beiden war sehr erschwert, als sprächen sie verschiedene Sprachen, in denen ein Wort für jeden eine unterschiedliche Bedeutung hat. Gespräche, ja selbst Telefonate und Emails beschränkte er daher meist auf das Notwendigste. Seine Interessen, Vorlieben und Weltanschauungen behielt Alex für sich, um sich keiner abschätzigen Meinung auszusetzen. Er war jedoch eines Tages der einzige im Institut gewesen, der die von ihm benutzte experimentelle Technik beherrschte, nachdem ein anderer Wissenschafter ausgewandert und ein Techniker untragbar geworden war und entlassen werden musste. Personelle Alternativen waren nicht in Sicht gewesen, und Professor Dunkelfeld hasste Vorstellungsgespräche und neue Gesichter.

Alex wiederum war dauerhaft von einer seltsamen Trägheit befallen, die ihn davon abhielt, sich nach Erhalt des Doktortitels ernsthaft eine andere Stelle zu suchen. Letztendlich war die Arbeit nicht gerade anstrengend, nur langweilig und frustrierend. Sein Enthusiasmus war nach und nach verblasst und einer dumpfen Desillusionierung gewichen. Andererseits hatte er eine Herde gefunden, in der er halbwegs akzeptiert war, was auch damit zu tun hatte, dass er sehr selbstständig arbeitete und praktisch zu niemanden in Konkurrenz stand. Die bessere Bezahlung der Festanstellung erlaubte ihm immerhin, eine größere Wohnung mit Balkon und Südfenstern zu mieten, und so war er schließlich geblieben.

Der Umzug hatte auch nur innerhalb derselben Straße stattgefunden, was Alex erlaubte, seine Sachen einfach von Wohnung zu Wohnung zu tragen, anstatt seine Besitztümer zu ordnen und einzupacken, Überflüssiges auszusortieren und wegzuwerfen und einen Wagen für den Transport zu mieten. Nur um ein paar Möbel zu tragen, hatte er Bekannte um Hilfe gebeten.

Seine alte Wohnung war geradezu übergequollen vor Kakteen, auf jedem Fleck, der hell genug gewesen war, hatte ein Blumentopf gestanden. Jetzt hatte er viel mehr Platz und Licht.

Alex' Kakteenleidenschaft hatte recht unspektakulär begonnen mit einem *Notocactus ottonis*, den er zur Konfirmation geschenkt bekommen und der seine Vollmitgliedschaft in der protestantischen Kirche erheblich überdauert hatte. Er war genügsam, bekam wenig, aber regelmäßig Wasser, wuchs und blühte, und irgendwer nahm ihn zum Anlass, Alex einen Zweiten zu schenken. Dieser litt bald an Stachelausfall und Borkenbildung. Alex kaufte danach einen weißhaarigen Kaktus für sein Studentenzimmer, der kurze Zeit später an Wurzelfäule einging. Dank eines Ratgeberbuches konnten weitere Kakteen am Leben erhalten werden, nachdem Alex einiges über Winterruhe, Wasser und Kakteendünger gelernt hatte.

Die eigentliche Initialzündung kam, als Alex Jahre später, kurz nachdem er als Doktorand am WBI angefangen hatte, in einem kleinen, herrlich unaufgeräumten, vollgestopften Buchladen nach einem Geburtstagsgeschenk für seine damalige Freundin suchte und einen Bildband über Kakteen für sich entdeckte. Irgend einen Bildband für die kunstliebende Freundin fand er auch noch. Während ihn die Forschungsarbeit zunehmend desillusionierte und die Freundin ihn verließ, wuchs das Interesse an den Kakteen rapide. Die scheinbar einfachen Formen, Kugeln und Säulen, faszinierten ihn, ihre Symmetrie und gelegentlich die Symmetriebrechung, sprich Verzweigung und Fehlwuchs. Die Pflanze als Abstraktion! Sein geheiligter Kakteenbildband, der teilweise als Einkaufs- und Suchliste diente, zeigte künstlerisch fotografierte Prachtexemplare vor schwarzem Hintergrund, auf keinem Foto war etwas von Topf, Erde oder Wurzeln zu sehen. Wahrscheinlich waren es Züchtungen aus aufwändigen Gewächshäusern, während Alex Kakteen auf der Fensterbank sich unweigerlich zum Licht krümmten und schief wuchsen. Und gerade die empfindlichsten Sorten hatten es ihm angetan, graugrüne Diven, die in handgemischter Blumenerde und mit Regenwasser mühsam am Leben gehalten, erbittert mit Insektengift gegen Läuse und andere Untiere oder mit Fußpilzspray gegen Pilzfäule und Verkorkung verteidigt werden mussten.

Eine Art Pornographiesituation: Die Hochglanzbilder perfekt ausgeleuchteter Schönheiten erzeugten ein immer während Bedürfnis, die Realität sah weniger gut aus und machte viel mehr Umstände. Alex durchkämmte stundenlang Gartencenter oder bestellte Samen im Internet, um an die schönsten Sorten heranzukommen. Ein paar weniger wertvolle Exemplare wurden ausgelagert in sein Büro im Wernher-von-Braun-Institut.

Bei seinen abendlichen Spaziergängen durch die Stadt spähte Alex in fremde Fenster auf der Suche nach Kakteen. Auch andere Pflanzen sah er sich nebenbei gerne an, solange dabei keine schwülstige Blumenpracht zu sehen war. Die blattartigen, leichtblühenden Kakteen wie die »Königin der Nacht« (*Selenicereus grandiflorus*) oder Weihnachts- und Osterkakteen, die er selbst nie halten würde, konnte er in fremden Wohnzimmern durchaus bewundern. Supermarkt- und Baumarktkakteen in hässlichen Übertopfen sah er oft, denen kein langes Leben gegeben sein würde, aber auch riesige Säulen und Kugeln, die schon viele Jahre hinter denselben Fenstern stehen mussten, größer als selbst die größten Exemplare im Gartencenter. Ob man mit solchen Kakteen überhaupt umziehen konnte? Alex hatte einige ganz besondere Lieblinge, sehr seltene Arten oder Pflanzen von besonders schönem Wuchs, wie einen leicht verwachsenen und verzweigten *Cereus*, dem er leider nie nahe genug kam, um die Art zu bestimmen, weil ein umzäunter Vorgarten dazwischenlag. Ein anderer war einen wunderschöner, faltiger *Echinofossulocactus*, der in einem eher tristen Miethaus direkt am Gehsteig stand, wo er seine Nase hätte an die Scheibe drücken können. In dieser Gegend stand sonst unglaublicher Kitsch hinter den Scheiben, Plastikfiguren, Fußballwimpel, hässliche altmodische Vorhänge. In den Zimmern liefen oft Fernseher. Stehenzubleiben mochte er hier nicht, da nicht auszuschließen war, dass die Bewohner zu Beschimpfungen oder Gewalttätigkeiten neigten, wenn jemand auffällig ins Fenster glotzte. Alex wählte seine Routen nach den Pflanzen. Zu solchen bevorzugten Kakteenfenstern kam er regelmäßig, wie ein heimlich Verliebter in der beständigen Angst, entdeckt zu werden.

Der größte Teil von Alex' Arbeit bestand im Reparieren und Einstellen seiner Messeinrichtungen, die in großen Ultrahochvakuumapparaturen untergebracht waren, großen, unförmigen, aus vielen Einzelteilen zusammengeschraubten Metallgefäßen mit ebenfalls angeschraubten Rohren und Sichtfenstern. Entweder streikten die Vakuumpumpen oder die Messelektronik, die Alex' Vorgänger in schlechtem Zustand hinterlassen hatte. Vakuumverbindungen wurden undicht, oder Bauteile im Inneren klemmten und mussten repariert werden. Ansonsten brauchte er viel Zeit für langwierige Probenpräparationen, von deren Sorgfalt der Erfolg der ganzen Arbeit abhing: Zuschneiden, Polieren, Beschichten, noch mal Polieren, Anätzen und am Ende alles unter dem Mikroskop kontrollieren. Die eigentlichen Messungen übernahm ein Computerprogramm, das am Ende Materialparameter zu elektrischen und magnetischen Eigenschaften in Form von Messkurven und Zahlen auswarf. Über die musste Alex Artikel für Fachjournale schreiben oder damit Anträge auf Fördergelder rechtfertigen, oder er musste auf Kongressen und Projektsitzungen Vorträge halten – zum Glück höchstens einmal pro Vierteljahr. Ziel des Ganzen war die Verbesserung von Materialeigenschaften, die Entwicklung schnellerer Elektronikbauteile oder Oberflächenbeschichtungen mit speziellen Eigenschaften. Leider wurden die Ziele, die zu Beginn solcher Projekte formuliert wurden, nie so ganz erreicht. Und zu Alex' Unbehagen hatte er immer mit Projekten zu tun, die alte Technologien effizienter machen sollten oder höchstens mal neue Anwendungsgebiete erschließen, aber nie mit etwas wirklich Neuem und Bahnbrechendem. Falls es den »Durchbruch nach Plan« überhaupt gab! Alex jedoch entwickelte eine Begabung dafür, in seinen Projekten Begründungen zu finden, warum die große Innovation kurz bevorstand. Das jedenfalls verlangte Prof. Dunkelfeld von ihm und seinen Kollegen, um seiner Forschungsförderung und der Aufmerksamkeit der Fachwelt auch in Zukunft teilhaftig zu werden.

Aus dem Studium, vor allem aus den Schwärmereien gegen Ende seiner Schulzeit hatte Alex den Eindruck mitgenommen, dass Wissenschaft ganz anders funktionieren würde. Aber das war Historie, die Beschäftigung mit einem Goldenen Zeitalter der Naturwissenschaft, mit Biographien, Briefwechseln und Wissenschaftsgeschichte, die dazu führte, dass die Einsteins, Plancks und Heisenbergs ihm viel realer und menschlicher erschienen als seine eigenen Professoren. Zäh folgte er sogar ihren Ausflügen in die Philosophie. Er kannte das Privatleben seiner Helden besser, dafür ihre Routinearbeit viel weniger. Wahrscheinlich fehlte ihm etwas, wenn er nicht wusste, wie ein Nobelpreisträger als Lehrer, Verwalter und Vorgesetzter funktioniert hatte. Gut möglich, dass das ausschlussreicher war als Spekulationen über weltanschauliche Irrläufe des betreffenden Genies. Vielleicht hatte sich nie einer der Meisterschüler getraut, richtig zu sagen, dass ein Bohr oder Schrödinger nicht nur genial, sondern auch unausstehlich sein konnte. Dieser Verdacht kam Alex, als er immer wieder hörte, mit welchen Lobhudeleien ihm bekannte, menschlich unzulängliche Professoren bedacht wurden. Aber diese Desillusionierung wuchs spät und langsam, als Alex sich immer weniger den Realitäten des Wissenschaftsbetriebes entziehen konnte.

Alex hatte einfach nur das Pech eines zu spät Geborenen, zu spät, weil die moderne Physik schon instrumentalisiert und bürokratisiert war. Und er war in einem für ihn unattraktiven Betätigungsfeld gelandet, weil er immer wieder reflexartig vor den spitzen Ellenbogen der Spitzenforschung zurückgezuckt war. Zum Trost kramte er gelegentlich, wenn alle Kakteen versorgt waren, seine alten Bücher und Studienunterlagen hervor und versuchte, das damals Gelernte nachzuvollziehen.

Einer solchen Auseinandersetzung mit der Relativistischen Elektrodynamik war auch der Einfall zu verdanken, wie er einen Raum-Zeit-Transformator bauen könnte. Offenbar hatte sich noch niemand dieses Themas angenommen, der erstens Zeitreisen nicht von vornherein als Unfug abtat und zweitens beim Aufbau von Versuchseinrichtungen erfahren und einfallsreich, um nicht zu sagen, skrupellos genug war. Alex hatte ein exzellentes räumliches Vorstellungsvermögen und wusste instinktiv, wie man eine bestimmte Anordnung erreichte, und sei es das zeitlich variable Verbiegen von abstrakten Feldgrößen. Er konnte die unmöglichsten Dinge miteinander ins Gleichgewicht bringen – vielleicht auch nur die unmöglichsten, denn er neigte zu unorthodoxen Lösungen, man könnte auch sagen, zu chaotischem Vorgehen. Bei Routinearbeit wurde er leicht unachtsam. Deswegen, unter anderem, waren seine Begabungen auch nie richtig anerkannt worden.

Bei Alex war dieses ewige Basteln, Schrauben und Löten nicht etwa eine Folge von Geldmangel in seiner Abteilung, sondern von Zeitmangel und Ungeduld. Es ging einfach schneller, mit vorhandenen Bauteilen zu improvisieren und experimentieren anstatt Kataloge zu wälzen. Ohnehin hätte er oft genug Spezialanfertigungen anstelle fertiger Geräte gebraucht. Dann die ganze Bürokratie des Bestellwesens, Bestellungen schreiben und unterschreiben lassen, Lieferfristen abzuwarten und Rechnungen als »sachlich richtig« abzeichnen – da war ihm stundenlanges Schrauben und Löten einfach lieber. Seine Vorgänger hatte reiche Vorräte an Elektronikklein- teilen, Vakuumkomponenten, ausrangierten Geräten und allen möglichen Ersatzteilen hinterlassen, die er gerne ergänzte, wenn er einmal die Muße zum Bestellen hatte oder wenn er alte Anlagen ausschlachten konnte. Aufge- gebene Messstände in nicht mehr benutzten Laboren wa- ren Ersatzteillager, die ihn mehr als jeder Katalog einlu- den, sich zu bedienen. Was ihm an Kleinkram noch spon- tan fehlte, konnte er meistens aus den institutseigenen Werkstätten für Elektronik und Feinmechanik schnorren.

Gerüchte, es würden Sicherheitsüberprüfungen durch den TÜV im Institut stattfinden, trieben ihm dann den Angstschweiß in die Stirn, da seine Improvisationen nur von ihm selbst überblickt werden konnten, und er sich nur widerwillig mit Formalien wie Beschriftungen, Do- kumentationen und Sicherheitshinweisen aufhielt.

Alex gedachte, durch geeignet oszillierende elektromag- netische Felder den Raum zu komprimieren, so dass der Ablauf der Zeit beschleunigt werden würde. Wurde im vierdimensionalen Raum-Zeit-Kontinuum der Raum ver- dichtet, wölbte er sich bildlich gesprochen in Richtung der Zeit stärker, sodass man wie bergab fließendes Was- ser an einem steileren Hang eine größere Geschwindig- keit erreichte. Die Zeitreise wäre somit nur in Richtung der Zukunft möglich. Die entgegengesetzte Richtung hät- te auch zusätzlich Probleme mit der Entropie, sprich, spontan zunehmender Ordnung mit sich gebracht, was sowohl der Alltagslogik wie auch der Thermodynamik vehement widersprach. Science-Fiction-Autoren sahen über so etwas gern großzügig hinweg – als ob Wasser auch bergauf fließen könnte (es müsste sich dabei spon- tan abkühlen)! Alex wollte in seinen Feldern Energie konzentrieren, die ausreichte, das Raum-Zeit-Kontinuum zu deformieren. Die Kunst lag darin, die Energie fortlaufend so einzufüttern, dass sie sich selbst ausbalancierte, quasi ihr eigenes Gefäß bildete. Die Mess- und Kontrollgröße für die verzerrte Raumzeit bildete die Winkelsumme eines gleichschenkligen Dreiecks – beziehungsweise der Mittelwert von dreien, für jede Raumrichtung. Die Winkelsumme, die im Fall eines ebenen Dreiecks einhundertachtzig Grad beträgt – elementare Geometrie! –, nimmt mit der Aufwölbung im Vierdimensionalen zu, mit der sattelförmigen Wölbung einwärts jedoch ab. Die Zunahme ist direkt proportional zum Zeitbeschleunigungsfaktor. Soweit ganz einfach, der Trick bestand eigentlich nur im Betrieb der elektromagnetischen Felder.

Ob wirklich, wie Eingangs beschrieben, der Anblick einer Obstschale in einem schäbigen, altmodischen Stehcafé die einfache Möglichkeit der Zeitreise inspiriert hat – man weiß es nicht. Hatte das Lokal in einer Zeitblase überlebt, oder schimmerte an dieser Stelle ein Paralleluniversum durch?

Am folgenden Samstag und Sonntag verbrachte Alex viel Zeit mit Überlegungen, Berechnungen und Planungen für den Bau seiner Zeitmaschine, wie er sie mittlerweile nannte. Er beschloss, sie in einer Abstellkammer im Keller des Instituts zu bauen, in der nur alte Transformatoren abgestellt waren. Diese wollte er gleich mitbenutzen. Sogar zwei alte Drehstromanschlüsse gab es dort, da der Raum ursprünglich ein Labor gewesen war. Damit könnte der immense Energiebedarf der Anlage gedeckt werden, hoffte er. Allein deshalb wäre es unmöglich, die Zeitmaschine zu Hause zu bauen. Zu beschaffen waren vor allem große, sechseckige Magnetspulen, für die er Unmengen an Kupferdraht brauchen würde.

Den Gedanken, Prof. Dunkelfeld oder sonst jemanden einzuweihen, verwarf er, obwohl er sie dann von »seinem« Labor fernhalten musste. So ganz nebenher musste er ja auch noch seine eigentliche Arbeit schaffen, und davon hätte ihn sein Chef niemals freigestellt. Seine wissenschaftlichen Kollegen würden, wenn sie davon erführen, seine Pläne und Berechnungen beim gemeinsamen Mittagessen laut diskutieren und mit ihrem Studiumswissen angegeben. Für die alltägliche Arbeit, die ihm im Grunde gleichgültig war und für die er sein Hintergrundwissen eher widerwillig erweiterte, war das ja manchmal ganz hilfreich, für das Zeitmaschinenprojekt wäre es eine Grauen erregende Vorstellung gewesen. Es war nicht zu sagen, was schlimmer gewesen wäre, die Blamage, wenn seine Idee als Hirngespinst entlarvt werden würde, oder der zweifelhafte Ruhm als Genie mit allem, was dazugehört, gönnerhaftem Wohlwollen, Neid, ungewollter Solidarisierung und Verbesserungsvorschlägen. Wahrscheinlich würden die Kollegen auch per Email Freunden und Bekannten an anderen Instituten und Universitäten davon berichten, und jeder würde dumme Fragen stellen, alles besser wissen oder für unmöglich erklären, und am Ende würde ihm noch jemand beim Bau der Zeitmaschine zuvorkommen. Nicht, dass es nicht gut sein würde, wenn jemand seine Berechnungen und seine Apparaturen überprüfte – wie oft hatte er schon im Eifer des Gefechtes einen dummen Fehler gemacht –, aber es gab einfach niemanden dafür. Einen Techniker für bestimmte Arbeiten zu haben, würde sehr hilfreich sein, das würde aber nicht einmal unter einem Vorwand funktionieren, ohne dass alle merkten, dass irgend etwas sehr Ungewöhnliches stattfand.

Am Montagmorgen war Alex früher als sonst im Institut, schon um halb acht, um die für seine Experimente vorgesehene Abstellkammer in Augenschein zu nehmen. Die Tür ließ sich eher mühsam öffnen, aber zum Glück ging das Neonlicht an. Als Alex sich gerade unter einen

Tisch bückte, um einen alten, riesigen Ringkerntrafo hervorzuziehen, dröhnte eine Stimme von der Tür her: »Na, Alex, was machst du denn hier in aller Herrgottsfrühe? Willst du Spinnen in der Rumpelkammer fangen?«

Alex hob vor Schreck den Kopf und schlug ihn gegen die Tischkante. Es war Kosinski, der Techniker für die Großanlagen in der Dunkelfeldschen Abteilung, dessen Halbglatze und Bauch, der unter einem grauen Hausmeisterkittel wölbte, in der Tür sichtbar wurden. Die Techniker begannen ihren Arbeitstag zwar um sieben Uhr, waren aber vor acht nur selten außerhalb des Pausenraumes anzutreffen. Von den Wissenschaftlern erschien keiner vor halb neun, erst recht nicht am Montag, bis auf Alex, der gern früh kam, weil er noch lieber früh ging. Trotzdem, er war zu unvorsichtig gewesen.

»Leichte Schläge auf den Hinterkopf erhöhen das Denkvermögen. Oder soll ich als ausgebildeter Ersthelfer tätig werden?« Daran, dass Kosinski ständig Witze und ironische Kommentare von sich gab, hatte sich Alex längst gewohnt, aber früh am Morgen mit heftigen Schmerzen am Hinterkopf war das etwas viel.

»Bloß nicht.« Alex brauchte Zeit zum Denken. »Was machst du denn hier im Keller? Ist die Kaffeemaschine kaputt?«

»Muss arbeiten, der Chef hat mir einen Zettel auf den Tisch gelegt, dass ich heute bis zehn Uhr Materialproben für ihn schneiden soll. Der war sicher am Sonntag wieder hier am Werkeln.«

»Hat er wieder die Halle mit den Kristallziehanlagen ausgefegt?«

»Sicher. Ich hab am Freitag extra ein bisschen Dreck liegen gelassen, damit ich heute sehe, ob er sauber gemacht hat, hehe.«

»Hat der eigentlich keine Familie?«

»Doch, aber die will auch nix von ihm wissen.«

Dialoge wie dieser waren eine Art Ritual, Alex und Kosinski lästerten regelmäßig über längst bekannte Marotten ihres Chefs, wobei sie gelegentlich auch mit anderen Mitarbeitern ähnliche Gespräche führten. Das war die einzige Form von Vertrautheit zwischen ihnen. Nach acht Jahren Zusammenarbeit wussten sie grad so viel vom Privatleben des jeweils anderen, dass sie sich nicht weiter dafür interessierten, andererseits hatten sie auch nichts gegeneinander. Abgesehen davon, dass Alex Kosinski manchmal zu anstrengend und aufdringlich fand, und Kosinski Alex wahrscheinlich für einen Spinner hielt.

»Tja, ich brauche hier ein bisschen Platz, weil ich ein paar Komponenten von meinem Ufo durchchecken will.« Ufo war der Spitzname von Alex' großer Vakuumanlage. Alex musste einen Vorwand dafür finden, in diesem Raum zu arbeiten, denn Kosinski war längst nicht so dumm, wie er gerne tat, und überaus neugierig. »Sag aber niemanden was davon, sonst müssen wir hier noch aufräumen.«

»Hast du wieder eine von deinen Pumpen gehimmelt? Na, mach mal, ich muss auch was tun. Diese Scheiß-Verbundwerkstoffe schneiden, machen mir wieder die ganzen Schneidblätter kaputt.«

»Frohes Schaffen.«

»Ebenso.« Rülpser und Abgang.

Alex räumte hastig einen großen hölzernen Tisch frei, der zum Glück eine abschließbare Schublade besaß. Der Schlüssel wurde sofort eingesteckt. Der Tisch und die Regale waren reich mit Flecken von Öl und Batteriesäure bedeckt. Er suchte ein paar Trafos zusammen und überprüfte, ob die Steckdosen noch in Ordnung waren. Dann ging er an seine reguläre Arbeit, stundenlanges Präparieren von Materialproben. Zwischendurch schaffte er einen alten Stuhl, den er aus einem Müllcontainer gezogen hatte, und Schreibzeug in seine Rumpelkammer. Der Stuhl war aus Holz und daher geeignet, als Sitz im Magnetfeld zu stehen. Zwei vorhandene Schrauben aus Metall würde er herausdrehen und das Holz leimen müssen, damit der Stuhl komplett nichtmagnetisch wäre, aber bei einem Leichtgewicht wie ihm würde der Stuhl auch so halten. Das Wichtigste fehlte noch, die Steuerung für die Magnetfelder. Dafür würde morgen noch Zeit sein. Am Abend blieb er eine Stunde länger, um für sein privates Projekt im Internet zu recherchieren, vielleicht hatte jemand bereits mit ähnlichen Magnetfeldern gearbeitet oder brauchbare Programmierbausteine geschrieben.

Als Alex müde das Institut verließ und an der Straßenbahnhaltestelle ankam, erschrak er: Im Lichtkreis der einzigen Lampe stand die blonde Frau vom Freitag, die ihm im Biokosmetikladen begegnet war, eingepackt in ihren schwarzen Mantel und einen Schal, mit einer großen, ledernen Umhängetasche. Sie wirkte ebenso unnahbar wie drei Tage zuvor. Alex stellte sich etwas entfernt auf, fing dann an, vor Kälte und Aufregung auf und ab zu gehen. Als er zum dritten Mal an ihr vorbeikam, sprach sie ihn an: »Habe ich Sie nicht am Freitag im ›Naturbalsam‹ gesehen?«

»Öh, ja, stimmt, ich glaube, ich hab Sie auch gesehen.«

»Sind Sie auch Allergiker?«

»Wie? Nein, ich hab nur Zahncreme gekauft.«

»Ich dachte, weil dieser Ökoladen der einzige in dieser ganzen Stadt ist, wo man duftstofffreies Shampoo, Seife und so weiter kriegt. Wenn da einer auftaucht, der nicht nach Müsliesser oder sinnsuchendem Esoteriker aussieht, ist er meist auch Allergiker.« Zwischendurch ging eine Andeutung von Lächeln über ihr Gesicht, wenngleich es ein Abschätziges gewesen sein müsste.

»Nein, ich hab nur empfindliche Zahnhälse. – Mir hat dort eine Verkäuferin mal gesagt, sie würden nicht gern etwas in Plastikflaschen verkaufen, weil die schlechte Schwingungen auf den Inhalt übertragen.«

Er hatte eigentlich gar nichts gegen die Leute im »Naturbalsam« gehabt, sondern fand sie schon deswegen sympathisch, weil sie so anders waren als Wissenschaftler und Ingenieure, mit denen er beruflich zu schaffen hatte. Obwohl der Name des Geschäftes ja wirklich dümmlich war. Und ihre Weltanschauung fand er auch eher zweifelhaft. Aber die Stimme dieser Frau, rauh, brüchig, aber nicht tief, nahm ihn ebenso gefangen wie ihr Äußeres, und so konnte er gar nicht anders als ihr zuzustimmen und die Ökos blöd zu finden.

Sie schnaubte verächtlich als Antwort auf Alex' letzten Satz, sagte aber nichts mehr.

»Tut mir leid für Sie, wegen der Allergie, meine ich.«

»Ist eigentlich halb so wild, ich hab nur eine Unverträglichkeit gegen bestimmte Duftstoffe. – Da kommt die Scheißbahn ja endlich.«

Alex verwünschte sich für sein schüchternes Gestammel und versuchte gar nicht erst, sich neben sie zu setzen und das Gespräch fortzusetzen. Er behielt sie aber im Blickfeld und beobachtete, dass sie drei Stationen vor seiner Haltestelle ausstieg. Ob sie in der Nähe vom Institut arbeitete und an derselben Haltestelle einstieg? Vielleicht konnte er sie wieder treffen, wenn er so spät wie heute nach Hause fuhr. Er nahm sich vor, Informationen über Duftstoffunverträglichkeit zu beschaffen.

Zu Hause entspannte er sich mit einem Inspektionsdurchgang durch seine Kakteen. Erstaunlicherweise lagen immer einige winzige Partikel Pflanzenerde neben den Töpfen. Alex grübelte seit Jahren, ob sie durch Trocknungsvorgänge, Luftzug oder womöglich Wurzeltätigkeit aus den Töpfen geschleudert wurden. Beim Gießen spülte er sie jedenfalls nicht heraus. In erster Linie überprüfte er, ob nicht irgendwo ein Schadinsekt saß. Dieses Jahr hatte er keine Insektenbefall gehabt, den er mit Gift bekämpfen musste. Selbst nach solchen Einsätzen kam es vor, dass Monate später wieder ein vereinzelter Schädling an den Kakteen fraß – die Entdeckung gab ihm dann so einen horrorfilmmäßigen »Etwas hat überlebt!«-Schock. Ein winziges, weißes Flöckchen konnte eine Baby-Wolllaus sein. Spinnmilben erkannte man erst, wenn der Kaktus anfing, braun zu werden und an der Oberfläche zu verkorken. Nach Verpilzung und Fäulnis hielt er auch Ausschau, aber das war jetzt sehr unwahrscheinlich. Die meisten Pflanzen waren schon längst in der Winterruhe und die Erde knochentrocken. Seine speziellen Lieblinge wie die *Astrophyten* würde drei Monate lang kein Wasser mehr bekommen.

Der Erwerb der beiden ersten *Astrophyten* – der Bischofsmütze und des Seeigelkaktus, *Astrophytus myriostigma* und *Astrophytum asterias*, – hatte Alex in einer früheren Phase seiner Kakteenleidenschaft einen denkwürdigen Abend verschafft. Er hatte sie im Internet ersteigert, von jemandem, der in der übernächsten größeren Stadt wohnte. Nahe liegender Weise hatte er die Kakteen selbst abgeholt, was zwei Bahn- und Busfahrten von fast einer Stunde bedeutete. Nicht auszudenken, wie die beiden im Postversand gelitten hätten. Eine ausführliche Wegbeschreibung wurde ihm per Email geschickt, sie führte zu einem typischen Vorort-Mehrfamilienhaus. Der Verkäufer war ein Paar: ein dicke Frau Mitte Dreißig und ein schlanker Mann, einige Jahre älter. Beide hatten lange dunkle Haare. Außerdem krabbelten ein Kleinkind und sprangen zwei Schäferhundmischlinge durch die geräumige Wohnung. Die Fenster in der Wohnung waren wie schon der Treppenabsatz mit Kakteen in allen Variationen vollgestellt. An den lichtärmeren Stellen standen und lagen andere Sachen wie Kinderspielzeug herum, kaputt und schmutzig war allerdings nichts. Die Frau war, wie sie erzählte, fürs Internet und fürs Verkaufen zuständig, der Mann war der eigentliche Kakteenfreak. Obwohl er einen zurückhaltenden Eindruck machte, kamen Alex und er schnell ins Gespräch, er wollte offenbar herausfinden, wie gut Alex sich auskannte und welche Kakteen er besaß. Da Alex Anfänger und in keiner Weise besserwisserisch war und sich in der chaotischen Wohnung offensichtlich ganz wohl fühlte – er würde ja bald wieder gehen –, wurde der Mann immer mitteilsamer und zeigte ihm nach und nach seine Sammlung, um die ihn auch mancher professionelle Gärtner beneidet hätten. *Astrophyten*, blühende *Echinopsis*, Peyotl-Kakteen von selten gesehener Größe, *Aztekien* wie aus dem Lehrbuch – selbst der Keller stand noch voller Kakteen. Alex wurde noch Verschiedenes zum Kauf angeboten, was ihm zu teuer oder zu schwierig zu halten schien. Kakteen mit absichtlich gezüchteten Farbfehlern wie die panaschierten[1] *Astrophyten*, die nur noch gepropft gehalten werden konnten, waren ihm zu morbide, das war etwas für japanische Spezialisten. Eine kleine *Lophophora williamsi* gefiel ihm, aber er hatte schon eine zu Hause. »Zum Pflegen oder zum, öh, Essen?« fragte der Mann. »Zum Essen natürlich nicht«, antwortete Alex. Weil es ihn reizte, einen meskalinhaltigen und damit kulturhistorisch bedeutsamen Kaktus zu halten, aber das behielt er für sich. Vermutlich machte der Typ ein gutes Geschäft damit, Peyotl im Internet an meistbietende Bewusstseinserweiterer zu verkaufen.

Die Frau erzählte, dass sie den Kleinen neulich erwischt hätte, wie er eine »Lopho« aus dem Topf genommen und gerade in den Mund gesteckt hatte. Das schien

---

[1] Panaschierung bezeichnet das Vorkommen unterschiedlich gefärbter Bereiche innerhalb einer Pflanze.

die beiden eher zu erheitern, also fand Alex das auch komisch.

Bevor er schließlich nach Hause fuhr, wurde ihm noch ein großes Terrarium mit Kornnattern gezeigt. Alex beschloss, seine Kakteenleidenschaft jetzt erst recht für sich zu behalten. Dass Kakteenliebhaber alle spießbürgerliche Pedanten waren, stimmte also definitv nicht, aber derartig abgedrehte Leute lagen Alex auch nicht. Ob es irgendwo eine erträgliche Mitte gab, versuchte er gar nicht erst herauszufinden, sondern beschloss, den Kontakt zu anderen möglichst auf das Internet zu beschränken. Auch wenn ihm dadurch einige Möglichkeiten verloren gingen, sich etwas abzuschauen.

Monate später stellte sich heraus, dass die beiden neuen *Astrophyten* Wurzelläuse hatten. Alex hatte sie aus den Töpfe genommen und untersucht, nachdem sie überhaupt nicht gewachsen waren, sondern nur etwas schmaler in den Rippen geworden waren. Es würde ihm ein ewiges Rätsel bleiben, ob der Typ bewusst die kranken Pflanzen verkaufte, oder gerade eine Wurzellausplage im Ausbruch gehabt hatte. Durch Zurückschneiden der Wurzeln und Behandlung mit Pflanzenschutzmittel hatte er die beiden wieder hinbekommen, nach zwei Jahren Pause fingen sie wieder an zu wachsen und zu blühen. Das war Alex' erste und erfolgreiche Wurzeloperation!

Alex setzte in den nächsten Tagen die Materialakquirierung für seine Zeitmaschine fort. Aus der Elektronikwerkstatt des Institutes bekam er nach langem guten Zureden einen alten Funktionsgenerator als Leihgabe auf unbestimmte Zeit. Den brauchte er zur Erzeugung elektrischer Schwingungen. Ein weiterer Punkt auf der Liste waren die Magnetspulen. Alex kaufte sich Holzleisten im Baumarkt, aus denen er vier sechseckige Rahmen zum Aufwickeln der Spulen bauen wollte. Für die Induktionsspulen hatte er einen Bedarf von dreitausend Meter Kupferdraht berechnet (bei einem halben Millimeter Durchmesser), er konnte jedoch nur gut eintausend Meter auftreiben, zum Teil aus Restbeständen seines Labors, zum Teil ungefragt aus anderen Labors. Die ältesten Rollen waren laut Etikett über vierzig Jahre alt und würden wohl von niemandem mehr vermisst werden. Für den Rest füllte er einen Bestellschein über zehn Rollen Kupferdraht aus und schob ihn unter drei andere Bestellscheine für andere Verbrauchsmaterialen, die er nur zur Ablenkung geschrieben hatte. Mit denen ging er zu Kosinski, der dafür zuständig und zeichnungsberechtigt war. Er suchte sich einen Zeitpunkt aus, an dem Kosinski nicht sehr aufmerksam war – direkt nach der Mittagspause –, machte eine dumme Bemerkung über seine Bestellungen, murmelte etwas von »Ein bisschen Kupferdraht bräuchte ich auch noch, hab eben die letzte Rolle aufgebraucht.« und kam damit durch.

Das benötigte Gerät zur Messung der Winkelsummen lötete er sich selbst zusammen aus diversen elektronischen Einzelteilen mit einem alten Drehspulmessgerät als Anzeige. Leider konnte er es ohne echte Raum-Zeit-Krümmung nicht ausprobieren. Das größte Problem war jetzt noch die Steuerung für die Magnetfelder. Alex erinnerte sich, dass in den Beständen von Karl Flöhrke, dem zweiten Techniker der Abteilung, der gleichzeitig EDV-Administrator war, ein uralter DOS[2]-Rechner, noch ohne Festplatte, sein musste, der früher einer der ersten Mess- und Steuerungsrechner an einer Beschichtungsanlage in der Abteilung gewesen war. Alex hatte als neuer Doktorand den ausgemusterten Rechner bei der Suche nach

---

[2] Abkürzung für *disc operating system*, ein Betriebssystem für Personalcomputer. Zum Zeitpunkt der Handlung waren Betriebssysteme längst unter Benutzeroberflächen begraben.

etwas ganz anderem gefunden, und Karl hatte ihm erklärt, wofür der Computer früher benutzt worden war. Eine völlig veraltete Programmiersprache war darauf verwendet worden, die Alex in seiner Schulzeit gelernt hatte.

Karl saß den allergrößten Teil seiner Arbeitszeit – vor der Einführung einer festen Arbeitszeitregelung vor zwei Jahren bedeutete das in seinem Fall von elf Uhr vormittags bis acht oder neun Uhr abends – hinter seinem Bildschirm und war mit schwer durchschaubaren Dingen beschäftigt. Mal mit dubiosen Internetgeschäften, mit dem Herunterladen nicht jugendfreier Bilder oder Filme, mal mit dem Kopieren von CDs und DVDs, mal mit Allem gleichzeitig. Allerdings hielt Prof. Dunkelfeld große Stücke auf und immer wieder seine schützende Hand über ihn. Karl stand dafür auch für nächtliche Arbeitseinsätze zur Verfügung. Dunkelfeld brauchte manchmal sehr kurzfristig computertechnische Hilfe, wenn er wieder einen wichtigen Termin zu verpassen drohte. Typischerweise fiel ihm nachmittags um fünf ein, dass er am nächsten Tag zu einer Konferenz flog, und dass jemand bis dahin seine Vortragspräsentation machen musste. Gewissen Andeutungen glaubte Alex entnehmen zu können, dass die beiden noch durch irgend etwas anderes verbunden wären, was sie lieber für sich behielten.

Alex kam im Großen und Ganzen ebenfalls ganz gut mit Karl aus und lieh ihm gelegentlich CDs zum Kopieren, um ihn sich wohlgesonnen zu erhalten. Als Karl von seiner Kaktusleidenschaft erfuhr, erkundigte er sich sofort nach psychotropen Kakteen wie Peyotl und San Pedro. Alex überzeugte ihn mühsam davon, dass in Deutschland angebaute Kakteen keine nennenswerten Wirkstoffkonzentrationen besäßen, erst recht nicht, wenn sie hinter Fensterglas gehalten würden, da dann die Lichtintensität im Ultraviolettbereich viel zu niedrig sei. Alex kannte auch durchaus Details aus Karls Privatleben, die dieser ihm aufmerksamkeitsheischend erzählt hatte, die jedoch für Alex Bruchstücke blieben. Er selbst gab lieber nur Unverbindliches über sich preis. Das Verhältnis zu Karl Flöhrke kam ihm immer wie auf tönernen Füßen stehend vor und musste doch gepflegt werden, da er, was seine Labor- und Bürocomputer betraf, immer wieder auf sein Wohlwollen angewiesen war.

Er klopfte also an Karls Tür an und betrat das Büro, das gleichzeitig das Rechenzentrum der Abteilung war und das intensiv nach Zigarettenrauch roch.

»Hallo, Karl.«

»Hallo, Alex. Was gibts Neues?« Er schien ganz gute Laune zu haben.

»Tja, ich habe da einen Stapel alter Fünfeinhalbzolldisketten[3] gefunden mit alten Messdaten zu Molybdän-Titanat-Schichten, die würde ich mir ganz gern ansehen.« Das stimmte sogar, nur würde er eine davon löschen, um sein Steuerungsprogramm darauf zu schreiben.

»Dann mach das doch.«

»Ich bräuchte dazu einen Rechner mit Floppy-Laufwerk. Wir haben doch den von der alten Beschichtungsanlage.«

»Welchen? Weiß ich nichts von.«

»Na den, der da hinten unter dem Tisch steht.«

»Hier ist aber kein Platz, um den aufzubauen.«

»Och, ich nehme den mal für ein paar Tage mit nach unten.«

»Aber Wiederbringen nicht vergessen, ich brauche den noch.«

Alex hatte sich schon den Monitor genommen, als die

---

[3] Disketten: Magnetisches Speichermedium aus dem Computer-Mittelalter. Die ältere Variante, auch *floppy disc* genannt, besaß ein Fünfeinviertelzoll-Format mit einer flexiblen Hülle.

Tür aufging und Professor Dunkelfeld den Rahmen ausfüllte: einsfünfundneunzig groß, breitschultrig und mit Kugelbauch.

»Karl, du musst mal ein paar Bilder für mich machen mit dem Elektronenmikroskop.« sagte er mit seiner dröhnenden und schnarrenden Stimme. »Ach, Herr Girlitz, wir müssen uns in den nächsten Tagen mal zusammensetzen und ein paar Sachen besprechen. Ich dachte, sie wären im Labor. Was machen denn die Hall-Konstanten vom Vanadiumdisulfid?«

»Die werden gerade gemessen, sehen gut aus. Können Sie mir die Tür aufhalten, bitte, danke!«

Alex verschwand mit seiner Beute in der Gewissheit, dass das sich-Zusammensetzen garantiert wieder vergessen werden würde und dass er die Hall-Konstanten so bald wie möglich messen würde. Um Dunkelfeld nicht wieder zu begegnen, wartete er eine dreiviertel Stunde, bevor er die restlichen Computerteile holte.

Alex' Abstellkammer nahm ein immer abenteuerlicheres Aussehen an. Alte, verstaubte Messinstrumente türmten sich auf dem Tisch in dem ohnehin schon vollgestellten Raum mit seinen vorsintflutlichen, trüben Lampen, einem vor Alter gewellten und rissigen Fußbodenbelag aus grauem Linoleum und vergilbten Wandkacheln und quer durch den Raum laufenden Kabeln. Jetzt kam noch das Fossil aus der Computersteinzeit dazu. Der Bildschirm zeigte eine grob gerasterte, aus giftgrünen Punkten zusammengesetzte Schrift oder Grafik auf schwarzem Grund. Die zwei externen Diskettenlaufwerke waren so groß wie Kinderschuhkartons. Eine alte Fortran-Version lief von einer Diskette. Der Rechner hatte einen Ein- und einen Ausgang, woran der Funktionsgenerator angeschlossen werden konnte, der saubere Sinus-, Rechteck- oder Sägezahnsignale lieferte. Damit würde schließlich eine Verstärkerschaltung gesteuert, die ihre Energie über zwei Trafos aus den Steckdosen bekam. Daran würden dann die Magnetspulen angeschlossen. Alex musste jetzt nur noch ein Computerprogramm schreiben, das das gewünschte Magnetfeld aufbaute – ein sich selbst fokussierendes Feld, das große Mengen an Energie speichern konnte. In dem Raum zwischen den Spulen, sozusagen der Fahrersitz der Zeitmaschine, würde dann die Zeit beschleunigt ablaufen. Das war um so komplizierter, als das Magnetfeld den Zwischenraum gleichmäßig ausfüllen musste, sonst würden verschiedene Körperteile unterschiedlich in der Zeit beschleunigt.

Am darauf folgenden Montag war Alex damit beschäftigt, die überfälligen Messungen für Prof. Dunkelfeld nachzuholen und parallel dazu an einem Artikel für eine Fachzeitschrift zu schreiben. Er hatte Mühe, dafür den Kopf freizubekommen. Das ganze Wochenende hatte er heimlich im Institut in seinem Abstellkammerlabor verbracht und seine Magnetspulen gezimmert und mit Kupferdraht aufgewickelt. Hoffentlich würden die Verbindungsstellen keine Probleme machen, nachdem er so viele Einzeldrähte hintereinander verschweißt hatte. Alex besaß eigene Schlüssel für das Institut, um als Laborverantwortlicher jederzeit Zutritt zu haben. Am Sonntagnachmittag war Dunkelfeld für zwei oder drei Stunden in seinem Büro gewesen – Alex hatte das Radio mit den Wagnerarien im Keller hinter all den Maschinengeräuschen gerade noch wahrnehmen können –, hatte ihn aber nicht gesehen. Als Alex jedoch am Montagabend todmüde nach Hause gehen wollte, kam Dunkelfeld in sein Büro, wie immer ohne anzuklopfen.

»Alexander, was machste grade?« fragte er, ohne dass es wie eine Frage klang. Es war eigentlich nicht zu übersehen, dass Alex seine Sachen zusammenpackte. Dunkelfeld war aber sichtlich aufgeräumter Stimmung und sog an seiner Zigarre. Statistisch gesehen redete er Alex vormittags meistens mit »Sie« an und nachmittags mit »Du«. Wahrscheinlich, weil seine Laune später am Tag besser wurde.

»Och, ich war gerade noch mit dem Artikel für das ›Journal of Thin Layer Research‹ beschäftigt. Die neuen Messdaten kann ich Ihnen morgen schon geben, wenn ich sie ausgedruckt habe.«

»Gut. Denkst du auch noch an den Beitrag für das Jahrbuch der Wernher-von-Braun-Gesellschaft? Wir müssen da unbedingt was richtig Gutes abliefern.«

»Äh, sind die Jahrbücher nicht zweijährig? Wir haben doch letztes Jahr erst einen geschrieben.«

»Nee, letztes Jahr? Bist du sicher?«

Die Diskussion zog sich noch eine Weile hin und führte zu dem Ergebnis, dass Dunkelfeld es tatsächlich nicht genau wusste, Alex jedoch für alle Fälle etwas vorbereiten sollte. Anschließend wollte Dunkelfeld noch über Astronomie plaudern, eines seiner Steckenpferde, das Alex aber im Studium großzügig links liegen gelassen hatte. Dunkelfeld nahm jedoch mit aller Selbstverständlichkeit an, dass sich jeder Physiker für Astronomie interessierte, und schien Alex' Desinteresse und notdürftig getarnte Unkenntnis nicht wahrzunehmen. Sterne sahen für Alex alle gleich aus. Zehn Minuten musste Alex ihm mindestens noch geben.

Alex war immer noch ziemlich sauer über die verschwendete Zeit, als er die Straßenbahn bestieg, einen Fensterplatz fand und auf die großen Bürogebäude in den schlecht beleuchteten Vorortstraßen starrte. Die Bahn war gerade losgefahren, als sich eine Frau keuchend auf den leeren Platz neben ihm warf. Es war seine heimliche Angebetete, die feindselige magere Blonde, die offenbar gerade noch die Bahn erwischt hatte.

»Drecksack von Fahrer, will mir die Tür vor der Nase zumachen.« schimpfte sie. Zum Glück konnte der Drecksack sie nicht hören, da sie noch ganz atemlos war und sich die Sitzbank weit hinten in der Bahn befand.

»Gibt's auch jemanden, mit dem Sie gut auskommen?« fragte Alex genervt zurück und war im nächsten Augenblick erschrocken über das, was ihm da über die Lippen gekommen war.

»Oh, sorry«, antwortete sie in unerwartet normalem Tonfall. »Ich wollte nicht stören.«

»Ist schon okay. Ich bin nur müde und habe einen bekloppten Chef.«

»Und bei mir ist die ganze Firma bekloppt. – Hey, ich glaube, Sie haben recht, ich komme mit niemandem gut aus.«

»Dann können wir uns ja zusammentun, ich nämlich auch nicht.«

»Cool. Endlich mal jemand, der zurückmotzt, anstatt sich zwanghaft zu entschuldigen. Wollen wir nicht mit dem blöden Siezen aufhören?«

»Gerne. Alex.«

»Karin.« Händeschütteln. Alex konnte nur noch denken, dass das alles sehr, sehr schnell ging.

»Arbeitest du da hinten irgendwo?« fragte er.

»Bei Simson, und frag mich nicht, warum sich die Japaner so einen dämlichen Firmennamen ausgedacht haben.«

Simson war ein großer japanischer Elektronikkonzern, der ein große Vertriebsniederlassung in Radevormwald hatte, dessen Produkte bei Alex' technikverliebten Kollegen allerdings keine gute Reputation besaß.

»Aha. Ich bin am Wernher-von-Braun-Institut für Angewandte Materialforschung.«

»Bist du Wissenschaftler?«

»Physiker«, sagte Alex und erwartete, zum hundertsten

Mal zu hören: »Physik fand ich in der Schule immer schrecklich«, »Ich hatte nur doofe Physiklehrer« oder »Ich hab die Ohmschen Gesetze nie kapiert.«

»Physiker? Cool, Physik fand ich in der Schule immer ganz gut. Du bist quasi richtig am Forschen?«

»Ja, irgendwelche Materialeigenschaften am Messen.«

»Ich bin Diplom-Medien-Kauffrau und mache subalternen PR-Scheiß. – Hör mal, ich muss gleich raus. Gibst du mir deine Telefonnummer?«

»Klar.« Alex nahm eine seiner WBI-Visitenkarten und schrieb seine Privatnummer auf die Rückseite.

»Gut, Herr Doktor, ich rufe an. Ich muss jetzt raus, tschüss.«

»Mach's gut! Schönen Abend noch.«

Den Rest des Abends verbrachte er in einer Art Trance, zusammengesetzt aus Müdigkeit und Verwunderung.

Karin meldete sich sehr schnell. Am nächsten Mittag bekam er eine Email mit einem Bild: eine Weltkarte auf ein Hinterteil projiziert, mit der Unterschrift »Arschkarte«. karin.wohre@simson.com schrieb dazu: »Ich reiche sie Dir nur weiter. Gruß, Karin«.

Jetzt kannte er ihren Nachnamen, aber leider stand sie nicht im Telefonbuch, und auch im Internet war nichts zu finden.

Am Freitagabend rief sie ihn zu Hause an und fragte, ob er Lust hätte, mit ihr etwas trinken zu gehen. Sicher hatte er. Karin schlug eine Kneipe vor, in der Alex erst zwei oder drei mal gewesen war, sie hieß »Kremlmauer« und war auf russisch-kommunistisch dekoriert, mit blutrot gestrichenen Wänden, Hammer-und-Sichel-Fahnen und Ähnlichem. Die Musik war zum Glück westlich, Rock der etwas härteren Gangart, aber in einer Lautstärke, die Unterhaltungen noch gut zuließ. Die Kneipe lag nicht allzu weit von der Universität weg. Alex hatte die Uni in Radevormwald nur ein paar Mal von innen gesehen und kannte auch die Studentenkneipen nicht gut.

Alex besetzte zur verabredeten Zeit ein Zweiertischchen. Als Karin kam, war er hingerissen von ihrer Schönheit. Ihre Wangenknochen warfen harte Schatten. Schwerer Lidschatten und dunkelroter Lippenstift steigerten ihren feindseligen Gesichtsausdruck bis ins Unendliche, die Haare waren strenger zurückgebunden und der Mund schmaler denn je. Sie zog ihren Mantel aus und trug darunter einen engen, schwarzen Pullover, der ihre Anatomie selbst in dem trüben roten Licht sichtbar werden ließ, ihre Flachbrüstigkeit und ihre knochigen Schultern. Eine Göttin der Subkultur. Und er hatte sich nicht mal nach der Arbeit umgezogen.

Sie starteten mit Weizenbier und gingen dann daran, auf der Getränkekarte die Wodkaspezialitäten abzuarbeiten. Trotz steigenden Alkoholspiegels blieb Alex' Wahrnehmung geradezu schmerzhaft luzid: Karins breite Edelstahlringe an den dünnen Fingern, die Prawda, die Orden und das »Panzerkreuzer Potemkin«[4]-Filmplakat an der Wand, die geeisten Schnapsgläschen, die mit rotem Plüsch bezogenen Stühle und erst recht Karins Gesicht brannten sich in seine Netzhaut und in sein Gedächtnis ein. Ihre dunkle, brüchige Stimme wurde von der total verräucherten Kneipenluft noch spröder.

Dann standen sie draußen in der Kälte und küssten sich, die Zunge tief im Anderen versenkt. Alex spürte sie saugen und beißen und wurde fast besinnungslos vor Erregung. Ihr musste es genauso gehen, ihre Bewegungen

---

[4] Stummfilm, 1925, von Sergei Michailowitsch Eisenstein (*23. Januar 1898, Riga, †11. Februar 1948, Moskau). Klassiker des Propagandafilms, wegweisend in der Montage- und Schnitttechnik.

waren hastig und schlecht koordiniert. An den Heimweg erinnerte er sich nicht mehr, nur noch daran, dass sie unbeholfen die Treppen zu seiner Wohnung hochkletterten. Beim Türaufschließen kam ihm der Gedanke, dass er sie auf keinen Fall in die Küche lassen durfte, weil da noch die gläserne Auflaufform mit der Kakteenerde stand, die er tags zuvor im Backofen sterilisiert hatte. Also schob er sie ins Schlafzimmer. Karin hatte Kondome dabei, und der Sex wurde geradezu überirdisch.

Alex erwachte am nächsten Morgen in der Dämmerung mit einem äußerst flauen Gefühl im Magen, pelzigen Zähnen und gewaltigem Druck auf der Blase. Neben ihm lag Karin, fest, aber unruhig schlafend. Genau genommen war Alex zum ersten Mal in der Situation, in der eigenen Wohnung neben einer weitgehend unbekannten Frau aufzuwachen. Er kroch vorsichtig aus dem Bett und ins Badezimmer. Dann schlich er in die Küche, um die kompromittierende Auflaufform zu verstecken, da er annahm, dass Frauen es im Allgemeinen nicht schätzen, wenn jemand Kakteenerde mit Verdacht auf Wurzelläuse und Nematoden in Essgeschirr füllt. Tatsächlich hatte er früher bereits Löffel und Schüsseln zum Ein- und Umfüllen von Kakteenerde benutzt, danach saubergemacht und wieder davon gegessen. Er hatte auch schon seine Küchenmaschine benutzt, um Lavakies zu zerkleinern (der aus der Aquaristik war zu grob). Das Säckchen mit der Kakteenerde hatte er gestern im Keller gefunden und konnte sich nicht erinnern, ob sie schon sterilisiert war, also kam sie in den Ofen. Als ob das so eilig gewesen wäre.

Ihm kam der Gedanke, dass Karin vielleicht gar nicht vorhatte, beim ihm zu frühstücken. Soll heißen, zu bleiben oder gar wiederzukommen. Das unangenehme Gefühl in der Magengrube wurde stärker, und Alex überlegte, wie viel sie wohl gestern getrunken hatten, warum er keine nennenswerten Kopfschmerzen hatte – weil Wodka weder Zucker noch Geschmacksstoffe enthielt? – und ob er nicht besser wieder ins Bett zurückgehen sollte.

Karin war wach geworden, vermutlich von der Toilettenspülung. Ohne die Schminke und mit total verschlafenem Gesicht und offenem Haar sah sie sehr kindlich und sehr verletzlich aus. Hatte sie sich gestern Abend etwa noch abgeschminkt?

»Morgen, Alex. Wie spät ist es?«

»Halb neun.«

»Mitten in der Nacht. Willst du nicht weiter schlafen?«

»Doch.«

Er kroch wieder unter die Decke, konnte aber im Gegensatz zu ihr nicht wieder einschlafen. Immer wieder musste er sie anschauen, wie sie neben ihm leise schnarchte. Um halb elf stand er vorsichtig auf, zog sich an und ging Brötchen holen. Nachdem er den Frühstückstisch gedeckt hatte, kuckte er vorsichtig ins Schlafzimmer. Karin war wieder wachgeworden, hatte sich im Bett aufgesetzt und blätterte in einem großen Buch – Backebergs Kakteenlexikon, das er immer griffbereit auf dem Regal neben dem Bett liegen hatte.

»Morgen. Willst du frühstücken? Oder nur Kaffee?«

»Äh, gerne. Kann man das auch lesen?«

»Das ist eine Systematik, eine Artenübersicht mit Kurzbeschreibungen. Wahrscheinlich sehr trocken, wenn man sich damit nicht auskennt.«

»Naja, wenigstens sind Bilder drin. Interessierst du dich für Kakteen?«

Anstatt zu antworten, ging Alex zum Fenster und zog die Vorhänge auf. Auf der Fensterbank standen eine große, säulenförmige *Echinopsis*, ein weißhaariger *Cephalocereus senilis* und ein sich unregelmäßig verzweigender *Cereus jamacuru monstruosus*. Plus vieler kleinerer Kak-

teen, die man vom Bett aus nicht genau erkennen konnte.
»O, ist das hell. – Wow, so was habe ich noch nie gesehen. Cool. Kannst du die Vorhänge trotzdem wieder zumachen? Ich wurde gern aufstehen und mich anziehen.«

»Sofort.«

»Äh, und, Alex?«

»Ja?«

»Starken schwarzen Kaffee, bitte.«

Zum Glück war Karin nicht sehr lange im Bad beschäftigt. Alex saß trotzdem wie auf glühenden Kohlen, ohne zu wissen, worauf er wartete. Dann kam sie, küsste ihn flüchtig auf die Wange, setzte sich vor das freie Gedeck und ergriff sofort den Kaffeebecher.

»Ist das ein Service! Dabei siehst du auch noch total müde aus.« Sie deutete mit dem Kinn auf die ebenfalls dicht besiedelte Küchenfensterbank. »Ich schätze, in dem anderen Zimmer da hinten stehen noch ein paar mehr.«

»Im Wohnzimmer stehen die meisten. Die im Treppenhaus sind dir gestern Nacht wahrscheinlich nicht aufgefallen.«

»Strange. Was du machst, machst du ganz, oder wie? – Sag mal, hast du Nutella[5] oder nur Kakteenmarmelade?«

»Weder noch. Nur ganz profane Aprikosenmarmelade.«

»Sorry, ich quatsche dich voll, dabei bin ich selbst noch nicht wach. Sehe ich auch so scheiße aus?«

»Nein. Du bist eigentlich immer so bleich.«

Karin verschluckte sich an ihrem Kaffee und musste husten. Der Husten ging in Lachen über, so dass er schließlich mitlachen musste. Sie beugte sich immer noch lachend zu ihm hinüber, legte einen Arm um seine Schulter und küsste ihn auf den Mund.

---

[5] Sogenannte Nussnougatcreme, süßer, klebriger Bortaufstrich aus Zucker, Palmöl, Haselnüssen, Kakao, Milchbestandteilen, Sojalecithin und Vanillin.

Karin konnte offenbar Alkohol viel besser vertragen als er, aber so nach und nach fiel ihm wenigstens stückweise wieder ein, worüber sie gestern in der »Kremlmauer« geredet hatten.

Über Musik unter Anderem – Karin untersuchte nach dem Frühstück Alex' CD-Regal im Wohnzimmer. Beide hörten sie ganz ähnliche Krachmusik, aber mit einem Altersunterschied von acht Jahren. Alex hatte die Grunge-Zeiten Anfang der Neunziger bei vollem Bewusstsein erlebt und sich als Teil davon gefühlt. Damals war er ständig zu Konzerten gegangen, allerdings nicht von den großen Bands. Die spielen nicht in dem Städtchen, in dem er damals studierte. Auf lange Eisenbahnfahrten und hohe Eintrittspreise hatte er damals keine Lust gehabt. Heute konnte er sich teure Karten leisten, fand aber selten etwas, das ihm gefiel. Es war früher auch so genug los gewesen, die noch nicht oder nicht mehr Großen spielten oft genug in seiner Nachbarschaft. 1994 hatte er *The Gun Club* live gesehen, Jeffrey Lee Pierces letzte Tour vor seinem Tod zwei Jahre später. Karin war vor Ehrfurcht erstarrt, als er ihr das erzählt hatte. Sie als Spätgeborene hatte mit Crossover und NuMetal angefangen und sich dann erst den älteren Sachen zugewandt. Sachen aus den späten Siebzigern wie *Joy Division* waren für sie schon prähistorisch. Alex hatte von Erwerb seines ersten Plattenspielers an regelmäßig die Musikgeschäfte durchstöbert, die seit ein paar Jahren ebenso öde geworden waren wie die Veranstaltungskalender, so dass er jetzt seine CDs meist online bestellte. Karin hatte als Teenager per Internet die Independent-Szenen der Neunziger und Achtziger viel schneller und effizienter erforscht. Einig waren sie sich in der Ablehnung von Hiphop und Techno, indiskutabel, unmusikalisch und emotional nicht nachvollziehbar. Heavy Metal war irgendwie grenzwertig, brachte interessante musikalische Details und manchmal sogar gute Textzeilen zuwege, versagte aber regelmäßig in Haltung und Aussehen, insgesamt meistens unfreiwillig komisch.

Auch bei Büchern gab es Gemeinsamkeiten, beide hatten ihre Sartre-und-Camus-Phase gehabt, die Samuel-Beckett-, die Kafka- und die Dostojewski-Phase, und ansonsten hörte sich das, was der jeweils andere gelesen hatte, sehr spannend an. Karin las Sylvia Plath, Alex Virginia Woolf. Und was war noch mal ihr Lieblingsfilm gewesen? Schon wieder vergessen, kein Wunder bei dem, was sie alles getrunken hatten.

Als Karin von ihren Teenager-Krächen mit den Eltern erzählt hatte, kam Alex das sehr bekannt vor, nur dass er in dem Alter konfliktscheuer gewesen war als sie. Karin war Abends ohne Erlaubnis weggegangen, hatte sich von ihren Eltern anschreien lassen und hatte zurückgeschrien. Alex hatte sich in seinem Jugendzimmer hinter Physikbüchern, Hermann Hesse-Romanen und seiner Stereoanlage verschanzt und war für niemand zu sprechen gewesen. Beide hatte sie Zeiten von Wut und Einsamkeit sowie diverse zerbrochene Beziehungen hinter sich. Und sie konnte sich dazu bekennen, nicht in Frieden mit dem Rest der Welt zu leben. Sie war tatsächlich so etwas wie seine Seelenverwandte.

»Wow, hast du wirklich alles von *Nick Cave*? Du musst mir mal ein paar Sachen brennen. Ein paar viele!«

Draußen hatte sich mittlerweile der Nebel verzogen, und die Spätherbstsonne fiel schräg ins Zimmer. Alex fiel zum ersten Mal auf, dass Karin ziemlich dunkle Augenbrauen hatte im Vergleich zu ihrem hellen Haar, die zudem gerade verliefen und nicht nach unten abfielen. Kurt-

Cobain[6]-Augenbrauen[7]. Vielleicht kam daher der feindselige Gesichtsausdruck.

Am Montagmorgen riss ihn der Wecker aus einer zu kurzen Nachtruhe. Alex besaß einen Wecker, der leise anfing zu klingeln und dann lauter wurde. Etwa eine Minute vor dem eigentlichen Klingeln knackste die Mechanik leise. Normalerweise wurde Alex schon von diesem Geräusch wach, dieses Mal hatte er es verschlafen. Gestern Abend hatte er auf dem Kalender gesehen, dass Totensonntag war oder Ewigkeitssonntag, wie das jetzt hieß. Fast das ganze Wochenende hatte er mit Karin verbracht. Abends waren sie weggegangen, in Kneipen und zum spazieren Gehen und Reden, tagsüber waren sie in Alex' Wohnung gewesen, im Bett und vor der Stereoanlage. Nur für ein paar Stunden war Karin zwischendurch nach Hause gegangen. Alex war neugierig auf ihre Wohnung.

An seine Zeitmaschine hatte er dabei gar nicht mehr gedacht. Eigentlich war nur noch das Steuerungsprogramm für die Magnetfelder zu schreiben und kleinere Bastelarbeiten zu erledigen, dann konnte er mit den ersten Versuchen anfangen. Blieb die Frage, was er dann mit seiner Erfindung anstellen sollte, wenn sie denn funktionierte. Beweise für das Funktionieren erbringen, sie veröffentlichen, Fördergelder beantragen und die Technik

---

[6] Kurt Donald Cobain, *20. Februar 1967, Aberdeen, Washington, † 4. April 1994, Seattle, Washington, Songschreiber, Gitarrist und Sänger der Band *Nirvana*, unfreiwillige Ikone des Grungerock.

[7] In seiner Biografie »Nirvana − Das schnelle Leben des Kurt Cobain«, englischer Originaltitel »Never fade away«, erwähnt der Autor Dave Thompson Cobains durchdringenden Blick. Meiner Meinung nach begründet sich diese Wirkung im ungewöhnlichen Verlauf der Augenbrauen, die nach außen hin nicht abfallen, sondern aufsteigen. d.A.

weiterentwickeln – nur wie und wo sollte er im großen Stil daran weiterarbeiten? Er müsste ein Institut suchen, in dessen Arbeitsbereich die Zeitreise thematisch passte (falls es das überhaupt gab), das WBI und seine sichere Stelle aufgeben und mit seiner ganzen Botanik in eine andere Stadt umziehen. Falls er denn die Fürsprache eines anderen Professors erhielte und ein Forschungsbereich für ihn geschaffen würde. Falls die Fachwelt nicht über ihn herfallen und alles für unmöglich erklären würde. Außerdem wäre es sowieso leichter, Förderung zu bekommen mit einer Thematik, die dem herrschenden Modebewusstsein entsprach. Wie Nanotechnologie, die wird seit Jahren überall durchgehechelt. Nanozeitreisen, das wär's doch! Schließlich, selbst wenn alles in seinem Sinne laufen würde, würde seine Arbeit bald zum geistigen Allgemeinbesitz werden und in die Finger von irgendwelchen Physikern und Ingenieuren geraten, die ihren Ehrgeiz damit befriedigen würden.

Diese Woche hatte er eine Menge Schreibkram zu erledigen und Daten am Computer auszuwerten, also nur Büroarbeit. Lukas, der Doktorand, den er betreute, würde am »Ufo«, Alex' großer Messapparatur, arbeiten und eigene Versuche machen, vielleicht würde der ihn zwischendurch unterbrechen, um ihn um Hilfe fragen.

Als Alex über den noch verwaisten Korridor zu seinem Büro ging, fiel ihm ein Zettel am schwarzen Brett auf, ein Computerausdruck in großer Type:

Laborreinigung:
Ab sofort findet jeden Freitag zwischen 11:00 und 12:00 Uhr eine gründliche Reinigung der Labore und Werkräume der Abteilung Oberflächentechnik statt. Hieran beteiligen sich alle Techniker und Wissenschaftler. Die Aufsicht übernimmt Herr Kosinski. Auch ich werde mich daran beteiligen. Speziell weise ich darauf hin, dass alle

Apparaturen und Bauteile aus Edelstahl mit Edelstahlpolitur zu reinigen sind. Außerdem ist jegliches Staubaufkommen in den Räumen zu beseitigen.
   Gez. Prof. Dr.-Ing. F. Dunkelfeld

Alex fluchte. Allein mit dem Polieren der Apparaturen wäre er schon mindestens drei Stunden beschäftigt. Und vor jedem Ausfegen müsste das Labor erst einmal aufgeräumt werden. Der Alte musste am Sonntag wieder hier gewesen und wegen irgendeiner Nichtigkeit einen Wutanfall gekriegt haben. Letzte Jahr im Herbst hatte er zwanzig Fußabtreter bestellen lassen für die diversen Ein- und Durchgänge, und jeder musste sich fortan die Schuhe abputzen, bevor er das Gebäude betrat. Und was für ein Deutsch war das, »Staubaufkommen beseitigen«. Alex entdeckte, dass Kosinski in seinem Büro war, klopfte an und trat ein:

»Morgen, Kosinski. Hast du diesen Zettel von Chef am schwarzen Brett gesehen?«

»Ja. Am Sekretariat und am Mikroskopraum hängen auch welche. Das kommt davon, wenn die Herren und Damen Wissenschaftler solche Schweine sind.« Die Angelegenheit schien ihn eher zu erheitern.

»Sehr witzig! So ein Hirnriss, was soll denn das schon wieder?«

»Mal langsam, das wird auch nicht so heiß gegessen wie es gekocht wird. Der Chef ist doch freitags eh oft nicht da.«

Freitags hatte Professor Dunkelfeld oft Projekttreffen bei irgendwelchen Industriepartnern, wer auch immer das war, oder Gastvorlesungen an der Uni in Reit im Winkl.

Wenig beruhigt ging Alex in sein Büro und dachte darüber nach, ob er sich mit dem Betriebsrat über dieses Thema unterhalten sollte oder, was natürlich besser wäre, ob das vielleicht jemand anderes tun würde. Vorerst schrieb er nur eine Email an Karin, aber auf eine Antwort würde er warten müssen, Karin fing erst um halb zehn an zu arbeiten. Dann fiel ihm sein geheimes Labor ein. Es war doch unwahrscheinlich, dass sich Dunkelfeld für die Abstellkammer interessierte, und freiwillig würde niemand dort aufräumen und saubermachen. Obwohl Dunkelfeld manchmal die unmöglichsten Dinge an den seltsamsten Orten suchte und dafür auch schon abgeschlossene Schränke aufgebrochen haben soll. – Ob er Karin von seiner Zeitmaschine erzählen sollte? Besser erst, wenn er sicher war, dass sie funktionierte.

Kurze Zeit später kam Lukas zu ihm ins Büro, was er von sich aus eher selten tat. Erstaunlich, dass er montags so früh zu arbeiten anfing. Wenn es so etwas wie eine Beichte ohne Schuldbewusstsein gab, dann legte Lukas genau das ab. Er hatte am Freitag im Aufbewahrungsschrank für die Proben gekramt und einiges durcheinander gebracht. Alex musste ihm ins Labor folgen und seine eigenen Proben identifizieren und in Sicherheit bringen. Er hatte es längst aufgegeben, sich über Lukas aufzuregen oder ihn erziehen zu wollen, dagegen war der völlig resistent. Lukas würde ewig diese jungenhafte, chaotische Attitüde anhaften, auch wenn er schon weitreichende Geheimratsecken bekam. Er war kleiner als Alex, dünn, lebhaft und von einer durchdringenden Wolke aus Zigarettengestank eingehüllt, aber wenn man sich an seine Macken gewöhnt hatte, war er ein ganz witziger Gesprächspartner. Nur nicht in fachlichen Angelegenheiten. Das lag daran, dass sie an unterschiedlichen Universitäten studiert hatten.

Als Alex zurückkam, lag ein fotokopierter Fachartikel auf seinem Schreibtisch, obendrauf stand »wichtig!« in Dunkelfelds raumgreifender Handschrift. Auf dem Computerbildschirm wurde angezeigt, dass er eine neue Email erhalten hatte. Karin lud ihn für den Abend zu sich nach

Hause ein, »zum Ausheulen«, und schrieb, dass sie auch jede Menge Arbeit hatte.

Dunkelfelds Artikel im »Material-Spiegel für Ingenieure« war überschrieben mit »Entschichtung multifunktionaler Adsorbatschichten durch Mikroclustern«, von T. Stills, technische Universität Reit im Winkl. Einer von Dunkelfelds früheren Kollegen. Dunkelfeld hatte einige Abschnitte mit dem Textmarker angestrichen:

Der Übergang von planarer zu dreidimensionaler Anordnung von mechanisch und elektrisch isolierenden Vanadium-Titanat-Schichten wurde in Langzeit-Hochtemperatur-Zyklen erstmals von Elmann und Heintz [6-12] festgestellt und als äußerst schädlich für die technische Anwendung erkannt. Der Zusammenhang dieses Effekts mit der Defektstellendichte des polykristallinen Substrates wurde bald darauf von Hartbrandt und Wiechtl [13-17] postuliert. Chen, Rumpelt und Stills stellten in röntgendiffraktometrischen Untersuchungen ebenfalls ein deutliche Abhängigkeit der Spektrallinienverbreiterung von der Temperatur und Dauer der Wärmebehandlung fest [18-23].

»Mein Gott, mit was für einem Unsinn man seine Zeit verschwenden kann!« Allein der Schreibstil bereitete Alex Kopfschmerzen, der Inhalt sowieso. Und darunter hatte Dunkelfeld geschrieben: »Wir müssen unseren Projektantrag ergänzen!« Bis zum Mittag hatte Alex den Artikel durchgearbeitet. Wie vermutet, hatte der Autor nur seine längst veröffentlichen Resultate noch einmal zusammengestellt. Für ein auf Deutsch erscheinendes Käseblatt wie den »Material-Spiegel« reichte so etwas eigentlich auch. Nichtsdestotrotz würde es ihn Stunden kosten, Dunkelfeld zu erklären, dass der Artikel für ihre Arbeit völlig irrelevant war.

Über die angekündigten Reinigungsaktionen wurde beim Mittagessen und später noch ausgiebig unter den Kollegen gesprochen, jedoch schien niemand etwas ernsthaft dagegen zu haben. Es wäre ja wirklich etwas dreckig, und wer, wenn nicht die Leute, die hier arbeiten, sollte saubermachen. Bevor sich am Ende noch die Putzfrauen an den ganzen Einrichtungen zu schaffen machte. Daher beschloss Alex, sich vorerst zurückzuhalten mit seiner Meinung, dass Dunkelfeld aus irgendeiner persönlichen Frustration heraus Unterwerfungsgesten seiner Mitarbeiter brauche. Über die Art der Ankündigung wunderte sich erst recht niemand mehr, und bei längeren Nachdenken fand auch Alex, dass solche Zettel einem Gespräch oder gar einer Mitarbeiterversammlung gegenüber das kleinere Übel waren.

Karin wohnte in einem Einzimmerappartement in einem relativ unangenehmen Wohnblock, immerhin mit separater Küche und Balkon und so hoch, dass niemand in die Fenster kucken konnte. Sie begrüßte Alex mit einem Kuss in der kleinen, engen Diele und führte ihn in ihr Wohn- und Schlafzimmer. Aus den Lautsprechern hämmerten die Pixies.

»Setz dich. Willst du was trinken?«

»Danke, einen Tee vielleicht?«

»Wie wär's mit Rotwein, der ist grad offen?«

»Geht auch.«

Das Auffälligste im Raum war der riesige Schreibtisch, der einen Computer, einen großen Flachbildschirm, Tastatur, Maus, Drucker und diverse andere Komponenten beherbergte, die Alex nicht sofort identifizieren konnte. Offenbar hatte Karin gerade noch daran gearbeitet, der Bildschirm lief, Weinflasche und Glas standen davor. Zwei Bretter im Bücherregal waren mit Computerbüchern und -fachzeitschriften vollgestopft. Der Rest ihrer

Bücher schien leichter verdaulich zu sein, viele Romane und ein paar Sachbücher über Allergien. Auf der anderen Seite des Raumes stand ein kleiner Esstisch, Alex setzte sich auf einen von den beiden dazugehörigen Stühlen. Über dem Tisch hing ein Druck von Dalis Landschaft mit den halbgeschmolzenen Uhren[8]. Karin kam mit dem zweiten Weinglas aus der Küche.

»Bist du schon lange zu Hause?« fragte Alex.

»Geht so, seit anderthalb Stunden vielleicht. Ist wahrscheinlich ganz gut so, dass wir nicht jeden Tag zusammen nach Hause fahren, ich hatte vorhin wieder dermaßen schlechte Laune. Nur unnötiger Stress in dieser Firma.«

»Bei mir im Institut ging heute auch alles drunter und drüber. Diese Reinigungsgeschichte war allerdings das Beste seit langem.«

»Ist es nicht so dreckig bei euch?«

»Normal halt, ein bisschen Staub. Ich glaube, der Alte muss nur seinen Frust abreagieren.«

»Worüber?«

»Keine Ahnung. Ärger mit seiner Frau, Angst um seine Tochter, Potenzprobleme, was auch immer.«

»Bei uns kam im Sommer eine Anweisung aus dem japanischen Mutterhaus: Wir haben beim Telefonieren mit Vorgesetzten und Kunden aufzustehen.«

»Um Himmels Willen, warum das denn?«

»Um Respekt zu zeigen. Angeblich kann man das am anderen Ende der Leitung hören, ob jemand steht oder sich auf den Stuhl hinflegelt und die Füße auf den Schreibtisch legt.«

»Völliger Schwachsinn!«

»Und keiner hat den Mut was zu sagen. Ich meine, wenn ich etwas sage, kann ich mich nicht darauf verlas-

---

[8] ›La persistencia de la memoria‹, 1931

sen, dass mir jemand beisteht, und am Ende habe ich allein den ganzen Ärger.«

»Na toll, wie bei uns.«

»Ich zeige dir mal meine kleine Rache.«

Sie winkte ihm, ihr an den Computer zu folgen, und startete den Internetbrowser.

»Simson Deutschland macht immer so einen auf interkulturellen Kram, Völkerverständigung und japanische Unternehmensphilosophie, gerade auf der Website. Hier, unter ›Wir über uns‹ kommen lauter schöne Punkte: ›Unternehmensphilosophie‹, ›Japanische Arbeitsethik‹, ›Deutsch-Japanische Verständigung‹, ›Handelsbeziehungen‹ und ganz unten ›Japanischer Schöpfungsmythos‹.«

Karin klickte diesen Punkt an. Ein Textfenster öffnete sich:

Japanischer Schöpfungsmythos

Jahrhundertelang warfen die Chinesen ihren Müll in hohem Bogen ins Meer. Daraus entstanden die japanischen Inseln. Mit der Zeit verfielen die Sitten so sehr, dass Säcke mit jungen Katzen und anderen Tieren und selbst ungewollte Säuglinge dem Müll nachgeworfen wurden.

Die Zähesten der Kinder überlebten durch den Verzehr von Fischabfällen. Diese Tradition wird heute noch in unzähligen Sushi-Bars lebendig erhalten. Als Erwachsene lernten sie, all die Gegenstände aus den Müllhaufen zu rekonstruieren und zu verbessern – der Grundstein der japanischen Industrie, wie wir sie heute kennen. Diese beeindruckende Entwicklung beruht jedoch vor Allem auf der Entwicklung einer beispiellosen Disziplin, die uns heute noch schwer zu schaffen macht.

»Was ist das denn?« fragte Alex entgeistert.

»Das ist von mir, mein inoffizieller Beitrag zur Völkerverständigung sozusagen. Das steht da schon seit Ende August, und keiner aus der Web-Administration hat es bis jetzt gemerkt.«

»Wie hast du das denn gemacht?«

»Betriebsgeheimnis. Ich kann mich in unsere Server einhacken. An die Website zu kommen und die Skripts ein bisschen zu ergänzen, ist eigentlich einfach, aber ich komme auch auf den Mailserver und kann mitlesen, was die Geschäftsleitung so verzapft. Soll ich beim ›Werner-Braun-Institut‹ auch mal einsteigen?«

»Von Braun. Ist das nicht ziemlich riskant?«

»Nicht sehr. Ich gehe über unauffällige Drittrechner. Besorg mir mal ein paar Infos über eure EDV-Abteilung.«

»Nee, irgendwie ist mir das zu unheimlich. Mir fällt schon was anderes ein. – Hab ich dich eben bei so einer Aktion unterbrochen?

»Nein, war nichts Wichtiges. Ich mache die Kiste jetzt auch aus.«

Als Karin die zweite Weinflasche aufmachte – sie waren mittlerweile auf die Schlafcouch übergegangen – meinte Alex: »Ich glaube, das mit den freitäglichen Saubermachen ist ein altes Trauma aus dem Zivildienst, da haben sie uns auch mit sinnlosen Reinigungsaktionen schikaniert – am Freitag, wenn man nur noch ans Wochenende dachte und nach Hause wollte. – Danke, nicht so viel Wein. – Weißt du, wie ich den Alten insgeheim nenne? ›Dirty old man‹.«

»Weil er sich nicht wäscht, oder wegen seinem Sauberkeitstick?« fragte Karin und begann, Alex mit der freien Hand im Nacken zu kraulen.

»Nein, er läuft immer sauber und gut gekleidet einher. Der ist so eitel, dass er sich die Haare nachdunkelt, sonst wäre er schon teilweise ergraut. Aus moralischen Gründen. Im Haus kursieren etliche Gerüchte über seine außerehelichen Aktivitäten. Angeblich fährt er nachmittags manchmal ins Bordell, also während der Arbeitszeit. Der Kosinski, unser Techniker, der über alles und jeden seine dreisten Bemerkungen macht, meinte, er hätte ihn mal beim Zurückkommen gefragt, wo er gewesen wäre, und der Chef hätte gesagt: ›Auf der Bank‹. Und Kosinski zu ihm: ›Seit wann kann man auf der Bank duschen?‹ Er soll auch mal bei einer Dienstreiseabrechnung eine Taxifahrt abgerechnet haben, die sich die Sachbearbeiterin in der Verwaltung nicht erklären konnte. Als sie ihn deswegen anrief und nachfrage, soll er gesagt haben, er hätte vor seinem Vortrag noch in den Puff fahren müssen.«

»Das hört sich jetzt aber nicht sehr logisch an.«

»Was?«

»Dass er es einmal leugnet und einmal zugibt, obwohl er auch irgendeine Ausrede hätte erfinden können.« In Karins Schoß lag mittlerweile Alex' Hinterkopf.

»Hm. Da ist was dran, obwohl, der ist mal so und mal so. Jedenfalls haben auch schon Leute aus dem gegenüberliegende Gebäude gesehen, wie er sonntags mit einer Mitarbeiterin zu Gange war, hinterm Schreibtisch und dann drunter. Von gegenüber kann man aus dem zweiten Stock ganz gut in sein Zimmer kucken.«

»Sonntags arbeiten bei euch Leute?«

»Kommt ziemlich oft vor, es haben viele einen Schlüssel. Dunkelfeld ist praktisch jeden Sonntag da.«

»Naja, beim Codenamen ›dirty old man‹ können wir ja bleiben.«

Alex sagte nichts, weil ihm eingefallen war, dass er ja auch in letzter Zeit sonntags im Institut gewesen war, und eigentlich auch weiter an seiner Zeitmaschine arbeiten wollte.

»Sag mal, Süßer, hast du nicht Lust, heute auch noch in dieser Richtung aktiv zu werden? Ich würde dich auch hinterher duschen lassen.«

»Huch, äh, könnte ein bisschen schwierig werden nach so viel Rotwein.«

Wurde es auch, Karin musste nach oben. Schwierig, aber nicht unmöglich.

Am nächsten Morgen erschien Alex natürlich wieder übernächtigt, aber zur gewohnten Uhrzeit im Institut. Der leichte Schmerz in den Schläfen rührte wahrscheinlich vom Rotwein. Nach dem Besuch bei Karin war er immerhin um ein Uhr wieder zu Hause gewesen. Sie hatten verabredet, sich vor Freitagabend nicht wieder zu treffen, da sie beide in dieser Woche viel zu tun hatten. Karin hatte gerade die Vorbereitungen für das Weihnachtsgeschäft hinter sich. »Generalstabsplanung für die große Konsumoffensive des Jahres,« hatte sie gesagt, »und wie bei richtigen Schlachten läuft dann alles anders als geplant.« Weihnachten an sich war ihr auch schon ein Gräuel. Für den Elektronikkonzern Simson bedeutete Weihnachten, die Einzelhandelsketten zu bearbeiten, bis sie genug bestellten, sie dann mit Werbemunition zu versorgen und sich dann die Beschwerden anzuhören, wenn nicht schnell genug oder falsch geliefert wurde. »Nicht, dass ich dafür zuständig wäre, aber die landen auf mysteriöse Weise bei mir.« meinte sie. Jetzt, Ende November, arbeitete sie schon an der Neujahrs-Discount-Schlacht.

Alex machte sich einen starken Kaffee, obwohl er vor einer dreiviertel Stunde erst gefrühstückt hatte. Da er keine neue Email in seinem Postfach fand, machte er noch eine längere Runde durchs Internet – Nachrichten, Wetter und ein Kakteenforum, in dem aber außer Anfängerfragen zur Überwinterung nicht viel los war. Es war ein lieb gewonnene Gewohnheit, morgens nachzulesen, welche Diskussionen am Abend vorher gelaufen waren. Manchmal bekam er aus solchen Foren wertvolle Tipps, manchmal wollten nur irgendwelche Deppen wissen, wie man meskalinhaltige Kakteen zu schnellerem Wachstum verhilft. Man musste nur lernen, die wichtigen Sachen zwischen den ganzen Halbwahrheiten herauszupicken. Auch verleitete ihn sein Lieblingsforum zu weiteren Zwangskäufen, dagegen musste er sich eine gewisse Selbstdisziplin angewöhnen. Danach begann er, an seiner Veröffentlichung weiterzuarbeiten. Ein paar Diagramme mussten mit einer wenig kooperativen Software bearbeitet werden.

Nach einer Weile stand er auf, um das Fenster zu öffnen, und sah draußen am Aschenbecher neben dem Seiteneingang Karl und Lukas bei einer gemeinsamen Zigarettenpause. Er war unangenehm berührt. Nicht, weil sein Ego gekränkt wäre, wenn Lukas einen anderen Gesprächspartner suchte, aber Lukas versuchte sich in letzter Zeit mit Karl zu verbünden, der dafür durchaus aufgeschlossen schien. Solche Aktivitäten hinter seinem Rücken verhießen nichts Gutes, sie richteten sich wahrscheinlich gegen seine Autorität als Laborleiter. Alex bildete sich nichts Großartiges darauf ein, aber wenn die beiden machten, was sie wollten, konnte das ein Menge Ärger und zusätzliche Arbeit bedeuten, wenn Alex nicht rechtzeitig davon erfuhr. Karl hatte vor langen Zeiten in Alex' Labor mitgearbeitet und war ein kompetenter Ansprechpartner für Lukas, falls er, Alex, nicht zu erreichen wäre, aber er war keiner, der über persönliche Hintergedanken erhaben gewesen wäre. Ob einer von beiden in seiner Abstellkammer gewesen war? Alex setzte sich wieder an seine Arbeit, um nicht am Fenster gesehen zu werden.

Alex traf Lukas etwas später auf dem Gang, als er gerade zur Toilette ging. Lukas fing von sich aus an zu erzählen, Karl habe Lukas' Horoskop berechnet. Karl habe ihn am Freitag nach Geburtszeit und -ort gefragt und dann am Wochenende die Konstellationen von Planeten und Sternzeichen zu Lukas' Geburt am Computer berechnet und daraus eine Persönlichkeitsanalyse erstellt. Das war es also, worüber die beiden gesprochen hatten. Lukas fand das »total strange«, aber sehr interessant. Karl mache das schon seit Jahren und kenne sich richtig aus.

Alex, der von derartigen Interessen und Aktivitäten von Karl noch nichts wusste, fragte: »Und, findest du, dass er mit seiner Analyse richtig liegt?«

»Das ist es ja, meistens schon. Obwohl ich immer noch nicht an so was glaube.«

»Naja, er kennt dich ja auch ganz gut.« Das sollte eine kleine Provokation gegen Lukas sein, aber der bemerkte es nicht.

»Da waren Sachen dabei, die konnte er gar nicht kennen. Teilweise Dinge, die mir selber nicht so ganz klar waren.«

»Das, finde ich, ist das Gefährliche an solchen Sachen, weil man sie sich eventuell nur einredet. Was vorher nicht bewusst war, war wohl nicht so wichtig.«

»Genau das wollte ich dich fragen: Hat er das für dich auch schon berechnet?«

»Nein. Sorry, aber ich muss mal eben wohin! Frag ihn doch mal, ob er dir sein eigenes Horoskop erklärt, dann hast du mal einen Vergleich.«

Zum Mittagessen ging die halbe Abteilung täglich gemeinsam in der Kantine der nahegelegenen Stadtwerke. Das Wernher-von-Braun-Instiut besaß keine eigene, es gab jedoch eine Vereinbarung zur Mitbenutzung. Dort schlug Karl, der zufällig neben Alex saß, ihm vor, auch sein Geburtshoroskop zu berechnen: »Das ist unheimlich interessant. Es gibt Sachen, die werden einem dadurch zum ersten Mal bewusst. Unter Kollegen nehme ich auch nichts dafür. Ist nicht so ein Quatsch wie ein Zeitungshoroskop, sondern ganz individuell.«

Wahrscheinlich hatte ihm Lukas in der Zwischenzeit von seinem Gespräch mit Alex erzählt. Alex gab vor, seine Geburtszeit nicht auswendig zu kennen, und versprach, sich das Angebot zu überlegen. »Das könnte dir so passen, über meine Persönlichkeit Bescheid zu wissen.« dachte er und nahm sich vor, wenn überhaupt, dann eine möglichst falsche Uhrzeit zu nennen. Alex' Geburtstag und -ort kannte Karl bereits.

Christoph Koop, der Gruppenleiter in der Abteilung war und an seiner Habilitation arbeitete und der das Gespräch mit angehört hatte, meinte dazu: »Alles Aberglaube!« Cristoph war eigentlich ganz umgänglich, aber ein Prinzipienreiter, und er gab sich gern als beinharter Realist. Wahrscheinlich, weil das unangreifbar machen sollte. Wenn er eines Tages habilitiert wäre und einen Lehrstuhl bekäme, würden seine Studenten wohl nicht nur zu beneiden sein. Bei politischen Themen, für die er eine gewisse Vorliebe besaß, geriet er dabei schnell auf dünnes Eis. Er glaubte ziemlich naiv, aber fest daran, dass sich Vernunft und Allgemeinwohl stets vereinbaren ließen, und sich alles Übel der Welt auf Dummheit, Egoismus und persönliche Böswilligkeit zurückführen ließe. Er war Physiker und linker Materialist durch und durch, nebenbei aber auch Christ. Verstieg er sich bei Diskussionen, die er von Zaun brach, in Widersprüchen, rettete sich meist durch Wendungen ins Ironische. Auf diese Weise kam er auch gut mit Karl aus, obwohl die beiden meist unterschiedlicher Meinung waren. Sie schienen sich auf einen unausgesprochenen Nichtangriffspakt verständigt zu haben. Tief Konservative wie Dunkelfeld, die eigentlich eine entgegengesetzte Weltanschauung hatten, beeindruckte Christoph durch profunde Kenntnisse und grundsolide Haltungen über Männerthemen wie Autos, Computer, Fußball und Frauen. Anhänger psychosomatischer Theorien hätten aus seiner Asthmaneigung gefolgert, dass auch er insgesamt nicht mit sich im Reinen war.

Karl versuchte nun Christoph zu überzeugen: »Das habe ich früher auch gedacht, aber wenn du es erst mal schwarz auf weiß vor dir hast und anfängst, unvoreingenommen drüber nachzudenken... Soll ich das mal für dich berechnen?«

Das Angebot war gar nicht ernst gemeint, aber jeder hatte sein Gesicht gewahrt. Immerhin konnte Alex jetzt unbehelligt weiter essen.

»Was schenken wir eigentlich dem Koch zu Weihnachten?« fragte Lukas nach einer Weile. »So als Ansporn.«

»Das Buch ›Gewürze richtig lagern und verwenden‹«, meinte Alex, ein halbherziger Versuch.

»Welcher Koch?« tat Karl erstaunt. Jetzt erst lachten die Kollegen. »Na gut«, dachte Alex, »hast du halt gewonnen. Dieser Verein hier ist noch deprimierender, als ich dachte.«

Alex kam abends in seine unaufgeräumte Wohnung zurück und fand die Unordnung vor, die sich in der letzten Woche und am Wochenende ergeben hatte. Wegen Karin war er nicht zum Aufräumen gekommen. In allen Zimmern lagen Sachen auf dem Fußboden, Kleidungsstücke, Bücher, CDs, Zeitungen. Seit vier Tagen war kein Geschirr gespült worden. Müll, Altpapier und Altglas hätten weggebracht werden müssen, und auf dem Küchentisch stand und lag alles Mögliche. Alex entschloss sich notgedrungen, nach dem Abendbrot aufzuräumen und sauberzumachen.

»War ja für einen guten Zweck.« dachte er innerlich lächelnd und meinte damit die mit Karin verbrachte Zeit. Der Müll war schnell weg, Bad und Küche wurden eilig geputzt. Das übrige Aufräumen verzögerte sich, da er anfing, in Regalen, Kartons und sonstigen Ecken sentimental herumzukramen und auf Dinge stieß, an die er lange nicht mehr gedacht hatte.

»Ich bin nun mal nicht als Mieter aufgewachsen«, dachte er, »und daher nicht ans Wegwerfenmüssen gewöhnt. Im Gegenteil. Meine Großeltern konnten praktisch nichts Wegwerfen. Kriegsgeneration halt. So schnell wie möglich wieder ein Haus bauen und alles auch nur möglicherweise Verwertbare sammeln. Und meine Eltern sind auch nicht viel besser. Platz hatten wir ja auch genug.«

Alex war als Kind hauptsächlich von den Eltern seines Vaters aufgezogen worden, da seine eigenen Eltern beide in ihrem Geschäft arbeiteten. Er hatte mit seinen Eltern seit dem Studium nicht mehr viel Kontakt. Als er in die größere Wohnung gezogen war, hatte er bis auf einige Möbel fast alles, was noch in seinem alten Kinderzimmer war, zu sich geholt, so dass die neue Wohnung auch sofort voll war. Erschwerend hinzu kam seine Neigung zu Frust- und Zwangskäufen. »Bloß nicht an einen etwaigen Umzug denken« war seine Devise. Umzüge kamen in seiner Familie auch nur bei ihm selber vor. Alex war ein großer Sammler und Komplettierer, was seine CDs, Bücher und Kakteen betraf. Und als Ursache zu Frustkäufen hatten seine Ex-Freundinnen und vor allem Professor Dunkelfeld und seine Arbeit im Institut herhalten müssen.

Dann kam ihm die Erleuchtung, was ihn heute an der Unordnung gestört hatte – nicht die Unordnung an sich natürlich, die hatte es bei ihm immer schon gegeben. Sondern die fatale Ähnlichkeit zwischen seiner Wohnung und seinen Arbeitsräumen. Ein kleiner unvorhergesehener Gedankensprung, und plötzlich hatte man etwas verstanden, was man vielleicht gar nicht verstehen wollte. Und diese Gemeinsamkeiten waren plötzlich offensichtlich, obwohl er sich solche Mühe gab, sein Privatleben als Gegenwelt einzurichten! Hier wie dort: lauter Krempel, den er »geerbt« oder früher mal gebraucht hatte und jetzt nicht wegwerfen wollte, weil man ihn ja noch mal gebrauchen könnte oder weil er einfach zu viel Geld gekostet hatte. Hier von Bekannten und von seinen Großeltern Geerbtes wie das unpraktische Schränkchen oder die Tassen und Teller, die ihn als Kind mit Kuchen und Kakao versorgt hatten, oder vom Sperrmüll Aufgesammeltes wie die alte Stehlampe aus Messing. Dort im Labor ein zerlegtes Röntgenspektrometer seines Vorgängers, das notorisch im Weg stand, alte Vakuumkomponenten in und auf den Schränken und Schubladen voller Drahtrollen, Elektronikbauteile und Materialproben, die ja entgegen aller Wahrscheinlichkeit noch irgendwann einmal nützlich sein konnten. Von seinem Geheimlabor, der Rumpelkammer, ganz zu schweigen. Und lauter Sachen, die er früher mal meinte, unbedingt zu brauchen, gekauft oder bestellt und vielleicht ein- oder zweimal ausprobiert hatte, bevor sie weggepackt wurden. Und viel Kleinkram, der unsortiert und unbeschriftet war, von dem er ein halbes Jahr lang völlig sicher gewusst hatte, was und wofür es war, und es dann vergessen hatte. Regalbretter standen voll ungeordneter CDs, er hatte vieles nachgekauft, was er früher nur auf Kassetten hatte, vor allen, wenn er sie als Sonderangebote oder second hand gefunden hatte. Dazu Livealben und Compilations von Lieblingsbands mit obskuren Bonustracks. Nicht zu reden von Büchern, Zeitschriften und sonstigen Unterlagen, die hier wie da wichtig und interessant genug zum Aufheben und in-Ruhe-Lesen erschienen und jetzt Staub ansetzten, weil ihm einfach die Zeit fehlte. Grauenhaft!

In Alex' Labor standen drei mannshohe Neuzehn-Zoll-Elektronik-Racks voller Einbaugeräte, die miteinander verschaltet waren, Kaskaden von Kabeln und Käbelchen hingen heraus, Kabel und Schläuche liefen am Boden und unter der Decke, zu den Rechnern, zu den Messapparaturen und zu Wandsteckdosen und sonstigen Anschlüssen, teils notdürftig in Kabelschächte gezwängt oder mit Kabelbindern an Aufbauten, Gerüsten und Stativen befestigt. Alex bekam bei jeder Sicherheitsbegehung Ärger wegen der Unfallgefahren, sah sich aber außer Stande, etwas daran zu ändern. Seine Anlagen waren einfach so, work in progress, seine Arbeit hatte immer Improvisationscharakter.

Zu Hause waren es die umfangreiche Stereoanlage, die im Grunde genauso aussah mit den hervorquellenden Kabeln an der Rückseite, sein Fernseher mit Videorecorder und DVD-Player und sein Computer – Kabelsalat, wohin das Auge blickte, alles war fahrlässig mit jedem verbunden, und Alex war nicht Willens, etwas daran zu ändern. Never change a running system! Ironischer Weise hatte sich Alex bei der privaten Verkabelung gesagt, sobald Probleme aufgetreten waren, dass er im Institut schon ganz andere Dinge geschafft hatte. Und als der Arbeitsschutzbeauftragte ihn bei der letzten Sicherheitsbegehung gefragt hatte, ob es beim ihm zu Hause auch so chaotisch aussehe, hatte Alex spontan energisch widersprochen.

Wie viele Kilometer Kabel er wohl schon in seinem Leben verlegt hatte?

Zum Glück klingelte ihn das Telefon aus seiner Zerknirschtheit.

»Hallo Süßer«, sagte Karins Stimme. »Ich wollte dir noch eine gute Nacht wünschen. Hab ich dich aus dem Bett geholt?«

»Nein, ich bin noch mitten im Aufräumen.«

»Wie, um kurz vor Zwölf? Ist das nicht ein bisschen spät für dich?«

Die angekündigte Reinigungsaktion bewirkte, dass sich niemand mehr Mühe gab, Schmutz, Abfälle oder Unordnung sofort zu beseitigen. Wozu auch, am Freitag musste ja irgend etwas zum Saubermachen da sein. Vor allem

Lukas schien nach diesem Grundsatz zu handeln. Diesen Eindruck bekam Alex, wenn er sich zwischendurch in seinem Labor umsah, das Lukas diese Woche in Beschlag genommen hatte. Obwohl der eigentlich immer ein Chaos hinterließ, schien er sich jetzt selbst zu übertreffen und alles stehen und liegen zu lassen, wie es gerade kam und wo er es benutzt hatte, einschließlich gebrauchten Schleifpapiers und Papiertüchern. Fast bereute Alex seine abendliche Selbstbezichtigung der Unordentlichkeit. Am Freitagmorgen sah es aber auch in den anderen Räumen der Abteilung chaotischer aus als sonst.

Punkt fünf nach elf am Freitag begann Kosinski, dem das Amt des obersten Besenwartes zugefallen war, Reinigungsgerät an die Mitarbeiter auszuteilen, die sich nach und nach einfanden. Alex ließ sich eine Schaufel mit Handfeger sowie Lappen und Edelstahlpolitur geben und verschwand in seinem Labor. Lukas war nirgendwo zu sehen, er hatte aber den Computer und alle Messgeräte, die er vorher noch benutzt hatte, ausgeschaltet. Alex räumte betont langsam ein paar herumliegende Werkzeuge weg, fegte die dicksten Staubflocken, Papierschnipsel und Verpackungsflocken zusammen, die auf dem Boden herum lagen, und bearbeitete die offensichtlichsten Stellen des »Ufos« mit der Politur. Darüber vergingen geschlagene fünfundzwanzig Minuten. Alex verließ das Labor, fand Lukas mit zwei anderen Doktoranden beim Ausfegen der großen Werkhalle, was ihnen Gelegenheit zu einer angeregten Unterhaltung bot. Er nahm ihm kurzerhand den Besen aus der Hand und sagte: »Hilf mir lieber mal beim Polieren von den Apparaturen, oder soll ich das alleine machen? Und räum deinen Kram vom Proben präparieren weg!« Womit er der einzige bleiben sollte, der bei der ganzen Aktion eine Unmutsäußerung von sich gab. Christoph und zwei seiner Doktoranden erzählten sich feixend, wie sie sich bei der Bundeswehr vorm Stuben- und Revierreinigen gedrückt hatten oder welchen Blödsinn sie oder restalkoholisierte Kameraden dabei angestellt hatten.

Lukas war zu überrascht zum Widerspruch, zuckte mit den Schultern und trabte ins Labor. Kosinski trieb die übrigen gerade zum Endspurt an, er würde hier noch ein paar Minuten beschäftigt sein. Alex verdrückte sich, einer plötzlichen Eingebung folgend, in den Korridor zu den Büros, schlich ungesehen in Kosinskis Zimmer und öffnete den Schlüsselkasten. Nach kurzer Suche fand er einen Schlüssel mit einem Anhänger »Raum 101 - Abstellraum«, steckte ihn kurzerhand ein und lief mit Herzklopfen zurück. Im Labor war Lukas tatsächlich mit dem Polieren einer Apparatur beschäftigt. Als Alex eintrat meinte er: »Das reicht doch für heute, du hast doch schon fast alles poliert gehabt. Nächste Woche müssen wir doch auch was zu tun haben.«

»Meinetwegen«, antwortete Alex, »wird wohl eh' keiner nachsehen.« Beide brachten sie die Putzsachen zurück. Draußen in der Halle waren alle außerordentlich stolz auf den Erfolg der Aktion, einschließlich Professor Dunkelfelds. Der kam aber nicht mit, als seine Mitarbeiter anschließend zur Kantine gingen.

Alex war ebenfalls zufrieden, konnte er doch jetzt sein Zweitlabor abschließen. Demnächst würde er das Steuerprogramm schreiben, das ihm noch fehlte, und die letzten Schaltungen zusammenschrauben und -löten, bis dahin durfte niemand etwas merken. Ansonsten hatte er den Schreibkram und die Datenauswertung, die er sich für diese Woche vorgenommen hatte, bereits erledigt. Das Manuskript des Artikels, das er geschrieben hatte, hatte er Professor Dunkelfeld ohne lange Fragerei zur Durchsicht übergeben können. Als er in Dunkelfelds Büro kam, setzte der zwar zu einer Diskussion an, doch dann klingelte das Telefon, er meldete sich mit seinem stereotypen

»Wernher-Von-Braun-Dunkelfeld« und entließ Alex mit einer Handbewegung. Den Rest des Nachmittages vertrödelte er damit, verschiedene Fachartikel in seine Literaturordner einzusortieren, die Werbebriefe, die diese Woche gekommen waren, durchzusehen und komplett wegzuwerfen. Es waren Einladungen zu Kongressen, zu denen er auf keinen Fall wollte, und Werbung für diverse Gerätschaften, die er nicht brauchte. Was halt so kam, wenn man auf irgendwelche Verteilerlisten geriet. Anschließend surfte er ausgiebig im Internet. Er verschaffte sich einen leichten und angenehmen Zorn dadurch, dass er sich eBay-Auktionen mit erfundenen Kakteensorten ansah.

Als er nach Hause gehen wollte, fragte Christoph, ob er mitkommen wollte zum Weihnachtsmarkt, um den ersten Glühwein des Jahres zu trinken. Ein paar Kollegen versammelten sich gerade, darunter Karl und Lukas. Alex lehnte dankend ab, er war abends mit Karin in der »Kremlmauer« verabredet. Bis dahin wäre es gut, noch ein paar Stunden auszuruhen und auf keinen Fall vorher etwas zu trinken. Er hatte heute den ganzen Tag über immer wieder an sie gedacht, es war praktisch genauso aufregend wie früher, stellte er fest, frisch verliebt zu sein.

Karin traf überraschender Weise fast pünktlich um halb zehn ein. Sie fiel Alex um den Hals, gab ihm einen langen Kuss und überreichte ihm ein Päckchen mit den Worten: »Da, Geschenk für dich!«

Alex stellte überrascht fest, dass ihm das Küssen in der Öffentlichkeit nicht leicht fiel, noch schwerer als früher. Karin war ebenso göttinnengleich wie letzte Woche erschienen, nur mit einen relativen entspannten Ausdruck.

»Danke«, sagte er, »darf ich das auspacken?«

Es war ein recht hübscher Taschenkalender, vorne auf

dem kunstledernen Einband klebte befremdlicherweise ein »Atomkraft - nein danke!«-Aufkleber.

»Ich musste das beknackte Simson-Logo überkleben und hatte nichts anderes. Das Titelblatt habe ich deswegen auch rausgerissen, nicht wundern. Aber sonst ist der Kalender klasse. Seit letztem Jahr sind die bei uns ziemlich geizig geworden mit den Werbegeschenken. – Ah, danke!«

Der Kellner brachte gerade Karins Bestellung, zwei Wodka und zwei Weizenbier. Die Kremlmauer war so früh noch ziemlich leer.

»Was ist das? fragte Alex. »Zweimal russisch-bayrisches Gedeck?«

Karin lachte und drückte Alex das Schnapsglas in die Hand.

»Aufs Wochenende!«

»Aufs Wochenende.«

»Na?«, fragte Karin, als der Kellner wieder weg gegangen war. »Hast du heute morgen mit den Kollegen schön saubergemacht?«

»Ach, frag nicht. Wir haben alle so ein bisschen Alibi-Putzen veranstaltet. Reinste Zeitverschwendung. Von der Stimmung her eher wie ein Betriebsausflug.«

»Also hat keiner was dagegen einzuwenden?«

»Weiß nicht, das kommt vielleicht noch. Wahrscheinlich versandet die ganze Aktion mit der Zeit, dann macht der Chef sonntags einen Kontrollrundgang und alles fängt von vorn an.«

»Übrigens, ich bin durch eure Firewall[9] gekommen.

---

[9] Schutzsoftware für Computer und Netzwerke gegen unberechtigten Zugriff von außen

War gar nicht mal schwer, sich da rein zu hacken[10]. Ich hab mich auf eurem Abteilungsserver umgesehen – ziemlich chaotisch.«

»Kann gut sein.« meinte Alex. »Der Systemadministrator beschäftigt sich zur Zeit mehr mit Astrologie. Aber bleib da lieber raus, ich glaube, der ist ansonsten ziemlich fit in seinem Fach. Wahrscheinlich hält der die EDV sogar absichtlich so unüberschaubar.«

»Der Herr Flöhrke?«

»Genau.«

»Der bekommt ziemlich seltsame Emails, die nicht dienstlich aussehen. So esoterischer Kram ist auch dabei, aber nicht nur. Aber wenn's dich nicht interessiert... Ich dachte, wir könnte da zusammen mal was durchziehen, eure Institutsrechner hacken und was manipulieren, meine ich.«

Alex wurde das etwas unbehaglich. Karin wurde durch ihre Dreistigkeit eher noch begehrenswerter, aber es missfiel ihm, als Feigling dazustehen. Außerdem bekam er Angst um sie.

»Hm... Karin, wäre es möglich, über etwas zu reden, das nichts mit der Arbeit zu tun hat?«

»OK. – Was machen wir morgen?«

»Weiß nicht. Vielleicht mal den Weihnachtsmarkt anschauen?«

»Wie wär's mit Flohmarkt?«

»Im Winter? Bei dem Wetter?«

»Ist ein Hallenflohmarkt. Da wird morgen richtig was los sein, die haben auch ihr Weihnachtsgeschäft. Es gibt genug Leute, die zu geizig sind oder nicht genug Geld haben für neue Sachen. Und die Jäger und Sammler.«

---

[10] Im engeren Sinne: unberechtigt von außen auf fremde Computer oder Computersysteme zugreift. Ein Hacker im weiteren Sinne ist ein Computer- oder Technikfanatiker.

Karin und Alex brauchten ziemlich lange, bis der Frust der Arbeitswoche weggespült war. Alex war gleichzeitig eingeschüchtert und aufgeregt durch das Temperament, das Karin entwickelte. Ein Stirnrunzeln und Augenverengen von ihr, und es ging ihm jedes Mal unter die Haut, fast noch mehr als ihre Küsse. Um so enttäuschter war er, als Karin schließlich erklärte, sie sei müde und erledigt und würde über Nacht lieber allein bleiben. Alex schluckte seine Enttäuschung herunter und brachte sie händchenhaltend nach Hause.

Karin holte Alex am späten Vormittag des Samstages ab zum Flohmarkt. Sie hatte gesagt, es wäre nicht gut, sich erst dort zu treffen, weil es dort viel zu voll sein würde. Als sie im Bus saßen, begann es, dünn zu schneien aus einer milchigen, trüben Wolkendecke. Der Flohmarkt war in den Hallen des ehemaligen Schlachthofes untergebracht. Alex war bislang selten auf Flohmärkten gewesen. Neue Sachen zu kaufen war in Ordnung, Alte auch, wenn er eine spezielle Beziehung dazu hatte oder sie anders nicht zu bekommen waren wie vergriffene Bücher, aber absichtlich benutzte Sachen zu kaufen, gefiel ihm nicht. Karin hatte gesagt, dieser Flohmarkt sei gut, weil es keine Stände mit Neuwaren oder Lebensmitteln gab. Wörtlich hatte sie von »Gemüsemafiosi, die einem schimmelige Tomaten andrehen« und »obskuren Schwarzhändlern mit vom Lastwagen gefallenen Händihüllen«[11] gesprochen.

Karin und Alex drängten sich mit etlichen anderen Leuten zusammen in den Eingang, aus dem andere schon wieder herauskamen, viele mit Taschen und Tüten beladen. Drinnen war es immer noch ziemlich kühl. Im vorderen Bereich hatten einige Verkäufer ihre Waren auf al-

---

[11] Von Handy, Pseudoanglizismus für Mobiltelefon. Wir verwenden die eingedeutschte Schreibweise Händi.

ten Decken am Boden ausgebreitet, meistens kaputte oder schmutzige Sachen, viel Plastikspielzeug, Stofftiere und altes Geschirr. Weihnachtsschmuck gab es auch, vor allem Lichterketten, einer verkaufte sogar altes Lametta. Andere hatten Tapeziertische aufgebaut oder Kleiderständer, Kisten mit Büchern, Schallplatten oder CDs. Alex begann, in den Bücherkisten zu suchen, gab aber schnell wieder auf, die Bücher waren meist unsortiert und uninteressant, Schund, Kitsch und längst aus der Mode Gekommenes. Obskur wirkten tatsächlich einige unter den Verkäufern. Einer hatte altes Werkzeug und Elektrogeräte auf seinen Stand, bei denen Alex stark bezweifelte, dass sie noch funktionierten. Allen Ernstes wurden noch alte Videokassetten angeboten. Alex bereute schon, hier seine Zeit zu vertrödeln, zumal ein dauerndes Geschiebe und Gedränge herrschte. Karin setzte ihre finsterste Miene auf, wenn sie sich durch die Menge drängte, teils unter Einsatz der Ellenbogen, blickte dann wieder mit soviel Interesse auf Waren und Menschen, dass Alex fast schon Wohlwollen oder zumindest ein Art von Befriedigung hineinlas. Karin suchte durchaus interessiert zwischen alten Jacken herum und fing mit einem anderen Verkäufer an, um den Preis einer alten, klobigen, russischen Spiegelreflexkamera zu feilschen. Sie probierte alle Funktionen aus und hatte den Verkäufer schon von vierzig auf zwanzig Euro heruntergehandelt, wollte dann aber nicht mehr als zehn geben, legte die Kamera zurück und zog Alex weiter.

»Mehr als zehn ist die nicht wert, aber egal, damit hätte ich eh nicht viel anfangen können.«

»Suchst du eigentlich was Bestimmtes?«

»Nein, ich kucke nur gerne. Manchmal hat man Glück und findet was. Lass uns mal in die zweite Halle gehen, da sind die besseren Sachen.«

Die zweite Halle war sogar etwas beheizt. Hier war der

Edeltrödel aufgebaut. Händler hatten ihre Bücher oder Schallplatten sortiert und vernünftig aufgestellt. Zwei oder drei Stände boten Münzen und Briefmarken an, an anderen gab es Schmuck oder Bilder, Kleidung und alte Möbel. Hier gefiel es Alex schon deutlich besser, er fühlte sich ein bisschen wie im Museum oder wie in einem surreal anmutenden Film zwischen den hohen, alten Schränken, großen Spiegeln, Mänteln mit Pelzkragen, Engeln und sonstigen Figuren, die als Kleiderständer benutzt wurde. Hier war etwas weniger Publikum und viel weniger Hektik. Bei einem Buchhändler suchte er ziemlich lange, erst nach Kakteenbüchern, dann nach Romanen. Beinahe hätte er ein Lieblingsbuch seiner Ex-Freundin gekauft, von dem er seinerzeit nur die ersten Seiten gelesen hatte, fand das aber in Karins Gegenwart unpassend. Stattdessen kaufte er eine gebundene Ausgabe von Djuna Barnes' »Nachtgewächs«, weil er irgendwann mal etwas Interessantes darüber gelesen hatte. Ein Roman, der sich in neogothischer Düsternis über die Liebe und ihre Unmöglichkeit ausließ, schien ihm passend, wenn man sich gerade in eine Frau wie Karin verliebt hatte. Karin hatte in der Zwischenzeit ein Paar alter schwarzer Damenhandschuhe aus feinem Leder gekauft, die ihr zufällig wie angegossen passten.

Bei einem Schallplattenhändler sah er ein paar alte Schlagerplatten, die seine Großmutter auch besessen hatte. Es war gar nicht einmal so unmöglich, dass es genau diese Exemplare waren. Seine Eltern hatten nach ihrem Tod die Wohnung ziemlich hastig aufgelöst und vieles von dem Kleinkram kistenweise an einen Altwarenhändler verramscht. Nicht auszuschließen, dass einiges davon über Hunderte von Kilometern hierher gefunden hatte. Vorhin hatte er zwischen dem alten Geschirr ein Bowle-Service gesehen, das ihm bekannt vorgekommen war. Schade, dass er sich nicht an Kratzer oder Knicke auf den

Schallplattencovern erinnern konnte, dann hätte er das überprüfen können. Falls es ihm nicht zu peinlich gewesen wäre, in Karins Gegenwart in Peter-Alexander-Platten aus den frühen Siebzigern zu kramen.

»Und was hast du eben gekauft?« fragte Karin.

Alex zeigte ihr das Buch.

»Das hab ich auch, ziemlich strange. Bin mal gespannt, wie du das findest. Komm, lass uns in der Stadt irgendwo was essen, ich kriege langsam Hunger.«

»Vielleicht noch einen Glühwein auf dem Weihnachtsmarkt?« fragte Alex, obwohl er Glühwein gar nicht mochte.

»Kannst du gerne trinken, aber mit Hinweis auf meine Allergie darfst du mich dann eine Stunde lang nicht mehr küssen.«

Erst am Abend kehrten sie beide in Alex' Wohnung zurück. Alex hatte richtig spekuliert und die Heizung im Schlafzimmer vor dem Weggehen aufgedreht. Zu Hause fiel ihm das Küssen erheblich leichter als gestern Abend in der Kneipe oder heute in der Stadt. Ihm blieb noch Zeit, die Kerzen anzuzünden, das übrige Licht zu löschen und Musik aufzulegen. Alex kam eine CD von *Tori Amos* in die Finger. Das schien passend, weil da Empfindsamkeit und Ekstase zusammenkamen – falls er an dieser Stelle überhaupt noch nachdachte. Von der Musik sollte er im Folgenden allerdings kaum etwas mitbekommen.

Seine Hände erkannten ihren Körper wieder nach sechs Tagen Abstinenz, als sie sich gegenseitig nach und nach die Kleider vom Körper zogen, ihre leicht vorstehenden Rippen und den schmalen Hals. Das Wiederkennen steigerte die Aufregung. Außerdem fehlte die Betäubung, da sie zum ersten Mal vorher keinen Alkohol getrunken hatten, sie ins Bett gingen. Seine Haut erinnerte sich ebenfalls an ihre Finger und Zähne.

Später lagen sie erschöpft und eng umschlugen im Halbdunkel, hörten schweigend zu, wie die Musik sich am Ende in orchestrale Ekstase steigerte und schließlich ihre letzte Töne verhauchte, dann auf die wenigen Geräusche von der Straße. Alex holte aus der Küche zwei Gläser und die Sektflasche aus dem Kühlschrank, die sie vorhin aus der Stadt mitgebracht hatten.

»Erzähl mir was.« meinte Karin. »Woran denkst du gerade?«

»An den Flohmarkt.«

»Hat's dir gefallen?«

»Die zweite Halle schon, in der ersten war ja nur Schrott. Da wäre ich am Liebsten wieder gegangen.«

»Ja, das kann ziemlich nerven, vor allem die Leute da. Aber wenn man Glück hat, findet man was Gutes und bezahlt fast nichts.«

»Ich frage mich, wo das ganze Zeug herkommt. Sind das Notverkäufe, geklaute Sachen, eingesammelter Sperrmüll oder geerbter Krempel, den jemand loswerden will?«

»Von allem etwas, schätze ich. Hehlerware vielleicht weniger. Alte Sachen für den Flohmarkt zu klauen, lohnt sich kaum, für richtige Antiquitäten kriegt man woanders mehr Geld. Da gibt es Flohmärkte, wo viele neue Sachen verkauft werden, Elektronik vor allem – das dürfte schon eher geklaut sein, so viele Versicherungsschäden, Konkursmassen und Sortimentswechsel gibts gar nicht, wo das herkommen könnte.«

»Expeditionen ins Reich der Schattenwirtschaft.«

Karin machte ein Geräusch und ein Bewegung wie ein angedeutetes Lachen. »Genau das. Ich finde es äußerst beruhigend, dass ich damit nichts zu tun habe. Ich kucke nur zu.«

»Was die Sachen wohl für Geschichten haben, die richtigen Antiquitäten meine ich. Naja, die anderen Sachen wahrscheinlich auch. Wem die gehört haben und was in ihrer Gegenwart passiert ist? Wer hat diese Schallplatten gehört, Bücher gelesen, welche Kinder haben sich über den Weihnachtsschmuck gefreut? Wenn die Sachen was erzählen könnten ...«

»Die könnten zum Beispiel sagen, lass uns mal nachsehen, was noch im Fernsehen kommt.«

»Du bist wahrscheinlich unzufrieden, wenn du einen Tag ohne Bildschirm verbringen musst.«

»Hast du Chips da? Ohne Mononatriumglutamat?«

Später, nachdem sie auf der Couch unter eine Decke gekuschelt ferngesehen und ihren Sekt ausgetrunken hatten, kam es noch einmal zu Handgreiflichkeiten, die zum Umsiedeln ins Schlafzimmer und zum Aufreißen einer weiteren Kondomverpackung führten. Alex landete irgendwie hinter Karins Rückseite, die sich dann aufs Bett kniete. Er war zum ersten Mal in dieser Stellung und fand es ziemlich wackelig, aber sehr aufregend. Alex hatte etwas Mühe, sich lange genug an ihrem knochigen Becken festzuhalten. Außerdem war ihm dabei etwas schwindelig, als ob besonders viel Blut seinen Kopf verlassen hätte. Trotzdem wurde es bei jedem Mal mit ihr besser!

Als sie danach völlig entkräftet nebeneinander lagen, keuchte Karin: »Na, endlich müde geworden?«

»Nein. – Ich hab Hunger.«

»Soll ich dir was sagen – ich auch!«

»Es ist schon viertel nach zwei. – Magst du Pizza? Also, Tiefkühlpizza zum Aufbacken. Thunfisch und Salami wären im Angebot.«

»Die wären beide perfekt.«

»Dann lass uns beide teilen.«

Sie standen auf, zogen sich notdürftig wieder an und gingen in die Küche. Während die Pizzen im Ofen buken, holte Karin die Kerzenhalter aus dem Schlafzimmer und deckte den Tisch. Alex entkorkte eine Flasche Rotwein. Jeder bekam eine Hälfte der fertigen Pizzen, über die sie gierig herfielen. Als Nachtisch aß Alex die Teigränder, die Karin übrig gelassen hatte.

»Die schmecken doch nach gar nichts.« meinte sie.

»Mir schon. Aber ich kann beim Essen einfach nichts übrig lassen, das ist so ein Tick von mir. Nicht mal bei uns in der Kantine. Und da ist das Essen meistens völlig fade und liegt hinterher zentnerschwer im Magen. Öltriefende Nudeln und so.«

»Eine Kantine haben wir gar nicht. Ist wohl auch besser so. Bei uns sind Pizzaboten und Chinataxis Dauergäste. Krieg ich noch Wein? Danke.«

»Letzte Woche hat sich unsere Sekretärin darüber lustig gemacht. Sie meinte, ich hätte wahrscheinlich früher immer Schläge gekriegt von meinen Eltern, wenn ich nicht aufgegessen hätte. Ich habe gesagt: ›Viel schlimmer, dann haben sie angefangen vom Krieg und von der Nachkriegszeit zu erzählen, als es nichts zu essen gab und sie froh gewesen wären, wenn sie so was Gutes gehabt hätten. Da war es mir lieber aufzuessen, als sich das dauernd anzuhören.‹«

»Oje. Wie alt sind denn deine Eltern?«

»Ziemlich alt, aber eigentlich waren das meine Großeltern, die immer diese Storys drauf hatten. Meine Eltern hatten so viel mit ihrem Autogeschäft zu tun, dass mich eigentlich die Eltern von meinem Vater aufgezogen haben. Naja, ich fand meinen spontanen Einfall witzig, aber von den Kollegen fand das keiner lustig. Vielleicht, weil die alle jüngere Eltern haben. Immerhin hatte ich danach meine Ruhe.«

»Und das Kindheitstrauma wirkt heute noch?«

»Wahrscheinlich ist das eher Konditionierung. Meine Großeltern haben soviel in mich reingestopft, weil ich es ja besser haben sollte, dass ich nur noch durch richtig große Menge sattzukriegen war. Genauer gesagt, zwischen Hungergefühl und Übersättigung gibt es bei mir keinen ausgeglichenen Zwischenzustand. Ich bin ein schlechter Futterverwerter mit einem hypertrophierten Magen geworden.«

»Wissenschaftler ...« meinte Karin.

»Und ich kann keine Reste übrig bleiben sehen, ich versuche zwanghaft, bis zum Ende alles zu vertilgen.«

»So ganz verstehe ich das nicht, ich meine, ich futtere auch wie ein Scheunendrescher und bin dünn wie sonstwas, aber Pizzakanten oder so Reste lasse ich liegen.«

»Ich bin nicht ganz so schlimm wie mein Opa. Wenn es Bratwurst gab, hat er das Fett aus der Pfanne mit Brot ausgewischt. Vom Papier von der Butter wurden die Reste abgeschabt, und die Milchdosen und Honiggläser wurden mit Kaffee ausgespült.«

»Echt kreativ ...«

»Das Witzige bei mir ist, dass das nicht nur aufs Essen beschränkt ist. Bücher lese ich zum Beispiel immer zu Ende, auch wenn ich sie nicht so interessant finde. Das würde mich wahnsinnig machen, wenn ich nicht erfahre, wie die ausgehen. Bis auf Fachbücher natürlich. Als ich meine kurzen Zeit als Raucher hatte, vor über zehn Jahren, habe ich sogar jede Zigarette bis zum Filter aufgeraucht, obwohl mir die blöden Dinger gar nicht schmeckten und der Rauch im Halse kratzte. Das finde ich heute noch befremdlich, wenn jemand halb geraucht Zigaretten wegwirft.«

»Weißt du, dass es in manchen Ländern als geizig oder gierig angesehen wird, alles aufzuessen?«

»Doch, schon. Ich hab mich da sicher schon etliche Male beim Griechen oder Italiener insgeheim blamiert. Mittlerweile bemühe ich mich, wenigstens eines von den Salatblättern, die eh nur Garnitur sind, liegen zu lassen. –

Übrigens hat dieses Verhalten, alles bis zum Ende auszu-
löffeln, auch Vorteile.«

»Jetzt wird's spannend.«

» Als ich ungefähr sechzehn war, wollte ich mir mal im
Fernsehen einen Film ansehen, ›Freaks‹[12], ein alter Horrorfilm aus den frühen dreißiger Jahren. Schon mal gesehen? Der Film spielt in einem Wanderzirkus, dessen
Hauptattraktion die Freaks sind, Missgeburten oder durch
Unfälle Verstümmelte, deren Anblick zum Teil wirklich
schwer zu ertragen war. Soweit ich weiß, spielen die Zir-
kus-Freaks sich selbst in diesem Film, der dann in einigen Ländern nicht aufgeführt werden durfte, weil er zu
›zynisch‹ war. Der Film war insofern dramaturgisch geschickt und effektvoll angelegt, als dass man die Freaks
erst langsam, nach und nach und mit zunehmender Deut-
lichkeit zu sehen bekam. Zwei mikrozephale Schwestern,
die sogenannten Nadelköpfe, ein Junge ohne Arme und
Beine. Das Abnormale lugte immer so ins Amerikanisch-
Normale hinüber, als greller Kontrast. Zwischendurch
hätte ich am Liebsten den Fernseher ausgemacht und
wäre schlafen gegangen, weil es kaum zu ertragen war.
Es war so ein heißer stickiger Sommerabend, und ich
habe nur auf einen richtig scheußlichen Anblick gewartet.
Ich habe mir aber gesagt, dass ich das Erschreckende, das
ich noch gar nicht richtig gesehen hatte, später immer
weiter ausmalen und aufblasen würde. Würde ich dagegen den Film bis zum Ende sehen, wäre dem eine Grenze
gesetzt, weil ich dann genau wüsste, wie sie wirklich aussehen. Wie es ausgeht, wie weit das Ganze geht. Genau
das ist dann passiert, und ich habe mich an die Figuren
sogar irgendwie gewöhnt. Außerdem wurde die Story
dann ziemlich plakativ und voraussehbar, das hat die

---

[12] Klassiker des Horrorfilms, Metro Goldwyn Mayer, 1932,
Regie Tod Browning (siehe unten).

71

Dramatik auch heruntergesetzt.«

»Du bist echt strange, Süßer. Aber langsam werde ich doch ziemlich müde.«

»Seltsam, aber durch diese Kantinengeschichte und vor allem den Flohmarkt heute musste ich nach langer Zeit wieder an meine Großeltern denken.«

Alex arbeitete am Montagnachmittag an einem Scanner, der im Computerraum, also in Karls Arbeitszimmer, stand. Karl war mit seinem Rechner beschäftigt und bis auf häufiges Mausklicken schweigsam. Alex digitalisierte Messkurven aus diversen Fachartikeln, um sie für eigene Auswertungen zu benutzen, eine ziemlich langweilige Beschäftigung. Erst als Alex den Raum wieder verlassen wollte, sprach Karl ihn an: »Du siehst heute so glücklich aus, bist du verliebt?«

»Wieso, hast du uns zusammen gesehen?« antwortete Alex, ohne zu überlegen.

»Oh nein, habe ich nur so ins Blaue gesagt. Herzlichen Glückwunsch! Sieht sie gut aus?«

»Ich dachte schon, du hättest uns am Samstag in der Stadt gesehen. Naja, wir sind erst seit dem vorletzten Wochenende zusammen.«

»Jünger als du? Und welche Haarfarbe?«

»Blond. Sechs Jahre und zehn Monate jünger.« Eigentlich sollte das eine eher abweisende Antwort werden, weil Alex sich darüber ärgerte, dass er sich wie ein Schuljunge ausfragen ließ. Dann fiel ihm ein, was er mit dieser überpräzisen Antwort verraten hatte, und Karl stieg auch sofort darauf ein.

»Respekt, Respekt, da kann man ja neidisch werden. Außerdem, Jungfrau und Skorpion passen auch ganz gut zusammen. Übernächstes Sternzeichen passt immer, alte Faustregel. Aber Skorpion ist ein Wasserzeichen, Frauen mit Wasserzeichen, also Fische, Krebs und Skorpion, sind in der Regel masochistisch veranlagt.«

Alex verwünschte sich selbst, Karl zu dem Astrologie-Kram auch noch indirekt eingeladen zu haben. Außerdem ließ er sich sehr ungern als Jungfrau bezeichnen.

»Nach deiner Theorie wären ein Viertel aller Frauen Masochistinnen.«

»Hast recht, es müssten eigentlich viel mehr sein.« Karl lachte laut, was bei ihm als Kettenraucher besonders unangenehm war.

»So kommt sie mir überhaupt nicht vor.«

»Bei Skorpionfrauen geht's oft mehr ins Sado-Masochistische. Da müsste ich den Aszendenten kennen, dann kann ich mehr dazu sagen. Da steht dir ja vielleicht noch viel Spaß ins Haus. Meine geschiedene Ex ist Krebs, die ist rein maso. War ich wohl wirklich nicht der richtige Partner für. Die meinte letztens, als ich noch mal mit ihr wegen den Kindern zu tun hatte, ihre besten Jahre wären die ersten beiden von unserer Ehe gewesen. Damals hat sie schon mal öfter eine gefegt gekriegt, wenn wir uns gestritten haben.«

Dazu fiel Alex nichts ein.

»Würde mir ja heute nicht mehr passieren. Damals war ich ziemlich auf Kokain, dass macht echt kalt und skrupellos.«

Alex bemühte sich, Fassung zu bewahren und meinte: »Kann ich nicht viel zu sagen, habe ich aber auch schon gehört.«

»Du wärst auch eher der Typ für bewusstseinserweiternde Drogen. Obwohl, ich glaube manchmal, die hast du eh von Natur aus im Blut, du zeigst das nur nicht immer.« Karl lachte wieder.

»Jedenfalls bin ich längst los von dem Zeug und mit mir im Reinen. Gibt ja auch noch andere Wege, gut drauf zu sein.«

»In der Tat.«

»Blond, nicht schlecht, stehe ich auch am Meisten drauf.«

Bei diesem Satz fiel Alex ein, dass er Zeit seines Lebens dunkelhaarige Frauen attraktiver fand. Karin war wohl die Ausnahme, wegen ihrer Ausstrahlung insgesamt. Die setzte sich ja über alles hinweg.

»Wenn du willst, mach ich dir ein Partnerschaftshoroskop. Ohne das würde ich nichts mehr ernsthaft anfangen. Wie gesagt, Geburtszeit und -ort von euch beiden brauche ich.«

»Ja, mal kucken, dass ich daran denke. Ich muss mal wieder gehen, der Chef wollte noch was besprechen.«

Letzteres war eigentlich gelogen, wurde aber wahr, als Professor Dunkelfeld Alex auf dem Gang abfing und in sein Zimmer lotste. Umständlich und ohne ganz klar auf den Punkt zu kommen, befand er, dass Alex in seinem Manuskript für die nächste Veröffentlichung zu voreilig gewesen sei, was gewisse Schlussfolgerungen über die technische Anwendung von Vanandiumtitanat-Schichten betraf. Es sei noch lange nicht ausgeschlossen, ob sich nicht über andere Prozessrouten die Materialparameter entscheidend verbessern ließen. Alex hatte seine Argumentation eigentlich für stichhaltig gehalten, musst sich aber letztendlich fügen und versprechen, seinen Artikel umzuformulieren.

Als er wieder in seinem Zimmer war, klingelte das Telefon.

»Na, hast du mit'm Dunkelfeld gesprochen?«

Es war Karl.

»Ja, gerade, wieso?«

»Das wollte ich dir eben noch sagen, weil ich davon was mitbekommen hatte: Das war nicht so geschickt von dir zu schreiben, Vanadiumtitanat hätte keine ausreichende Transversalleitfähigkeit, wenn dein Chef da ein Patent auf die Anwendung hat.«

Am Abend, als Alex zu Hause beim Essen saß, piepte sein Mobiltelefon. Ein SMS[13] von Karin, die ihn anwies eine laufende Sendung im Kulturradio einzuschalten, mit dem Zusatz, da könne man was über ihn dazulernen. In dieser Sendung, fand er heraus, wurde eine Autorin interviewt, die ein Buch über das Trauma der Kriegsenkel-Generation geschrieben hatte. Von der Tochter einer Vertriebenen wurde berichtet, dann von Kindern derer, die selbst als Kinder ausgebombt wurden. Nach und nach begriff Alex, dass es sich um Menschen handelte, die lange nach dem Krieg geboren wurden, den ihre Eltern nur physisch angeknackst überlebt hatten, und denen es deshalb nicht gutgehen durfte, andererseits gutgehen musste, da sie ja äußerlich beschützt und in materiellen Wohlstand aufwuchsen. Das Ausgebombtsein fand Alex weniger spannend als die Vertreibung, irgendwie zu wenig subtil. Gleichzeitig fand er sich deswegen zynisch.

Karin hatte schon einen seltsamen Humor, dachte Alex, von wegen über ihn dazulernen. Er hatte ihr am Sonntag noch mehr von seinen Großeltern erzählt. Sein Großvater war Bergmann in Oberschlesien gewesen und wurde nach dem Zweiten Weltkrieg mit seiner Familie vertrieben. Wegen seiner Staublunge war er in den Fünfzigern Frührentner geworden. Da Alex' Eltern den ganzen Tag in ihrem Autogeschäft und in der dazugehörigen Werkstatt gearbeitet hatte, hatte er sehr viel Zeit bei seinen Großeltern verbracht. Alex wollte damals die Kriegs- und Nachkriegsgeschichten nicht hören, zumal er damit nicht bei seinen Klassenkameraden auf dem Schulhof angeben konnte, und er gab sich größte Mühe, den oberschlesi-

---

[13] Abkürzung für *short message service*, Textnachrichtendienst für Mobil- und digitale Festnetztelefone. Im normalen Sprachgebrauch ist mit SMS die Nachricht, nicht der Dienst gemeint.

schen Dialekt seiner Großeltern wieder loszuwerden. Er hatte Karin erzählt, dass er erst in letzter Zeit, lange nach ihrem Tod, verstanden hatte, worunter und wie sehr sie für den Rest ihres Lebens gelitten hatten – Haus und Heimat zu verlieren, zu hungern und für einen Krieg bestraft zu werden, an dem sein Opa als Bergmann nicht einmal direkt teilgenommen hatte, während andere nicht bestraft wurden, für solche Probleme kein Verständnis besaßen und Vertriebene als Eindringlinge und Schmarotzer behandelten.

Dass er nun auch deswegen ein psychisches Problem habe sollte, weil er eine ähnliche Familiengeschichte hatte, war wohl einer ihrer typischen Scherze. Manchmal ging halt die Ruppigkeit, die er an ihr liebte, ein bisschen zu weit. Wahrscheinlich wollte sie auf diese Art zeigen, dass sie ihm zugehört hatte.

Alex' Vater hatte sich mit diesem Trauma auch nicht aufhalten wollen und sich lieber aufs Arbeiten und vor allem aufs Geldverdienen konzentriert. Alex reichten Geld und Arbeit als Lebensinhalt nicht, anstatt ins Autogeschäft mit einzusteigen, studierte er lieber Physik. Er spezialisierte sich eher zufällig auf Metallphysik, lange Zeit ohne zu bemerken, dass er Gefahr lief, in der Autoindustrie zu landen – viel zu nah an dem, womit sich sein Vater beschäftigte. Vielleicht war das der Grund, warum er trotz Allem im Wernherr-von-Braun-Institut blieb: um nicht in die Industrie zu müssen. Er besaß zwar einen Führerschein, aber bereits seit Jahren kein Auto mehr, und auf die von den Eltern gehandelte Automarke reagierte er geradezu allergisch. Dass allerdings das Ablehnen der väterlichen Haltung Verständnis für die Großväterliche bedeutete, diese Möglichkeit entdeckte Alex erst jetzt. Mehr als eine Möglichkeit sollte es auch nicht sein. Immerhin verstand er seinen Vater dadurch auch besser, er war durch Verdrängung, also aus Notwehr zu Materialisten geworden.

Er beschloss, die nächste Straßenbahn zu nehmen, zu Karin zu fahren und ein bisschen mit ihr zu reden. Mittlerweile würde sie wohl auch zu Hause sein.

Als Alex unangemeldet bei Karin klingelte, meldete sie sich erst beim dritten Klingeln über die Sprechanlage und sagte, dass es ihr nicht besonders gut passen würde, weil sie gerade Besuch habe. Alex wurde neugierig, um nicht zu sagen, eifersüchtig, und wollte sich nicht abwimmeln lassen, sodass sie schließlich aufmachte.

Der Besucher war ein blasser, dicklicher Mann mit Brille, ungefähr so alt wie Alex, der Alex eher misstrauisch ansah. Alex mochte seinen Kapuzenpulli und das dicke Brillengestell nicht – zu trendy, zu hip, eindeutig nicht Alex' Stil.

»Das ist Dirk.« stellte ihn Karin nach einem eher flüchtigen Begrüßungskuss vor. Alex spürte, dass die beiden nichts Sexuelles miteinander hatten oder jemals gehabt hatten, sondern durch etwas anderes miteinander verbunden waren. Anscheinend hatten sie gerade am Computer gesessen, vor dem zwei Stühle standen.

»Alex« stellte er sich vor und schüttelte ihm die Hand. Die war ihm zu dick und zu schlaff, wie ein kaltes Kotelett.

»Ich habe deine SMS gelesen und gedacht, du hättest Zeit und Lust, ein bisschen mit mir zu reden.« meinte er zu Karin.

»Herrjeh, das sollte nur ein blöder Witz sein. Entschuldige, wenn ich dir zu nahe getreten bin.«

»Das mit dem Witz war mir schon klar, so blöd bin ich ja auch nicht.« Jetzt schien auch noch eine Art Szene daraus zu werden, aus Missverständnis und Gereiztheit, und trotzdem oder weil jemand Anderes dabei war. Dirk wirkte abwartend und leicht genervt. Alex wäre am Liebsten gegangen, wollte aber unbedingt wissen, was hier ablief.

»Kennt ihr euch schon lange?« fragte er schließlich.

»Ein paar Jahre«, antwortete Karin. »Wir haben uns im Internet getroffen. Ein Hackerfreund sozusagen. Wir gehören zu einem Netzwerk von Leuten, die systematisch Unternehmen schädigen. Ein gegenseitige Rachegemeinschaft.«

»Wie?«

»Unterschiedlich. Email-Konten hacken, Server lahmlegen, Daten manipulieren.«

»Nein, ich meine mehr, warum?«

Jetzt schaltete sich Dirk ein: »Wie gesagt, aus persönlicher Rache. Wenn Karin meint, sie kann dir vertrauen, wird das wohl in Ordnung gehen, wenn ich dir das erzähle. Wir sind Leute, die schlechte Erfahrungen gemacht haben mit Unternehmen, meistens als Angestellte, manchmal auch als Kunden. Karin ist wegen der Firma zu uns gestoßen, bei der sie als Studentin gejobbt hat.«

»Die haben mich als Hilfskraft bezahlt und professionell layouten und noch mehr qualifizierte Arbeit machen lassen. Und dann ein schlechtes Arbeitszeugnis geschrieben, weil ich mehr Geld verlangt habe. Von den anderen kleinen Fiesheiten mal zu schweigen. War eine ziemlich kleine Klitsche mit einem Ekel als Inhaber. Große Pläne, große Ambitionen, aber wenig Geld und gute Einfälle. Zu dumm, dass ich die EDV in- und auswendig kannte.«

»Wir arbeiten auf dem Prinzip der Gegenseitigkeit. Ich habe mit Karins Informationen die Rechner ihrer alten Firma lahmgelegt. Karin konnte nichts nachgewiesen werden, weil sie schließlich nichts getan hatte. Das ist der Grundgedanke: Niemand rächt sich selbst, deswegen kann niemand überführt werden. Karins Firma ist übrigens dadurch Pleite gegangen.«

»Meistens haben wir mit Mittelständlern oder ganz kleinen Unternehmen zu tun. Die sind in der Regel erbärmlich schlecht gesichert, da kann man praktisch machen, was man will, insbesondere mit Insiderkenntnissen. Mit größeren Unternehmen haben wir auch schon gearbeitet. Mindestservice ist, Email-Adressen von leitenden Angestellten öffentlich ins Internet zu stellen, damit sie Suchroboter finden, und der Account dann mit Spams zugemüllt wird.«

Alex verkniff sich ein Bemerkung, dass so etwas illegal und nicht ungefährlich sei. »Naja, wenn es wirklich nur die trifft, die es verdienen... Du hast auch schon Firmen auf dem Gewissen?« fragte er Karin.

»In den Ruin getrieben habe ich noch keinen, aber ein paar kostspielige Dinger habe ich schon gedreht. Am Schönsten fand ich allerdings, dem Ex-Personalchef von einem von uns Rachsüchtigen ein paar Pornofilmchen mit seltsamen Wasserspielen auf die Festplatte zu legen, und dafür zu sorgen, dass dem Systemadministrator der Verbrauch an Speicherplatz auffällt.«

»Aber einen Hinweis, warum ihr das macht, könnt ihr doch nicht hinterlassen. Ich meine, wie sollen die Betreffenden denn wissen, warum ihr Server abstürzt oder was auch immer?«

»Um Pädagogik geht es nicht.« sagte Dirk. »Nur um Genugtuung.«

»Sagen wir mal so: Ich habe von der Materie viel zu wenig Ahnung, um mitmachen zu können, und im Zweifelsfall habe ich nie etwas von dem gehört, was ihr da treibt.«

Dirk nickte zum Einverständnis, wirkte dabei aber abschätzig. »Das wird wohl das Beste sein.«

»Ich lass euch dann besser für heute Abend in Ruhe.«

Mehr noch als bestürzt über Karins Tun war er tatsächlich eifersüchtig, stellte er auf dem Nachhausewege fest. Dirk kannte Karin viel länger und hatte etwas Wichtiges für Karin getan, was Alex niemals hätte tun können. Die beiden waren in Illegalität miteinander verbunden, eine Verbundenheit in Opposition zum Rest der Welt, wie sie eigentlich Liebenden gut anstände. Und keinen dicklichen, blassen Computerfreaks, deren Hauptnahrungsmittel wahrscheinlich Chips und Cola und Zigaretten sind. Verdammt, von der Gesichtsfarbe her würden die beiden gut zusammen passen!

Alex ging zu Fuß nach Hause, obwohl es nebelig und bitter kalt war, aber ihm war, als bräuchte er Auslauf. Er fühlte sich aufgekratzt und gleichzeitig todmüde nach allem, was heute passiert war.

Waren seine Gedanken in der Nacht noch unsortiert wütend gewesen, konnte er sich am nächsten Tag mehr Klarheit verschaffen, warum er so aufgewühlt war. Alex hatte Angst um Karin und um sich, weil Illegalität Gefahr bedeutete. Je länger er darüber nachdachte, desto weniger fand er allerdings verwerflich, was sie machte – Leuten, die sich mies verhalten hatten, zur Strafe Schaden zuzufügen. Nein, er war schlicht und ergreifend eifersüchtig auf Dirk und womöglich noch andere Typen, die sie durch ihre Hackeraktivitäten kannte. Er wollte in allen Bereichen der Vertrautheit die Nummer eins bei ihr sein, und das ging nicht. Es sei denn, er würde sich zum Super-Internetsaboteur entwickeln.

Das Grübeln hielt ihn weitgehend von sinnvoller Arbeit ab, aber solange er am Schreibtisch saß – Papier vor sich, der Computer an – , und alles wie Arbeit aussah, würde niemandem etwas auffallen.

Was auch kaputtgegangen war, war die Unschuld des Internets. Nicht dass Alex eine solche theoretisch angenommen hatte, von Viren, Trojanern, Spyware, Phishing, Kinderpornographie, Bombenbauanleitungen, Sabotage, Spionage und so weiter war ständig die Rede. In Foren und Blogs blühten alle möglichen und unmöglichen Anschuldigungen, Verleumdungen und Verschwörungstheorien. Aber bis jetzt hatte er sich recht gemütlich in seinem Eckchen eingerichtet. Er war nur Nutzer, harmlos und ahnungslos. Kakteenforen, Bild- und Datensammlungen über Arten, Pflege und so weiter waren natürlich sehr nützlich, Ebay und diverse Internethändler ebenso, trotz aller Umständlichkeiten und trotz des lästigen Paketabholens (da er zu den Lieferzeiten der Paketdienste nie zu Hause war). Sehr praktisch waren auch Youtube und Myspace, wo Alex sich oft Musik und Videos ansah und - hörte und dann die CD dazu kaufte oder Fehlkäufe vermied. Der Plattenladen war komplett ersetzt durch etwas viel Praktischeres und Unpersönlicheres.

Und das Internet war natürlich ein gigantisches Nachschlagewerk, eine immense Wissensquelle – wenn man denn damit umgehen konnte. Dazu sollte man zum Beispiel wissen, wie man Suchmaschinen mit den richtigen Begriffen fütterte, diese in die gängigsten Fremdsprachen übersetzte, variierte und mögliche Tippfehler berücksichtigte. Umgehen können hieß aber vor allen Dingen, dass man einschätzen musste, wie belastbar eine Quelle war. Also recherchierte man am Besten nur Dinge, die man ungefähr schon kannte oder von denen man gewisse Vorstellungen hatte, oder erledigte per copy and paste seine Hausaufgaben. Es gab natürlich auch richtig gute Online-Wörterbücher und nicht zuletzt Wikipedia, das zumindest in technisch-wissenschaftlichen Gebieten recht zuverlässig war.

Aber wollte man denn wirklich noch alles wissen, wenn man alles nachschlagen konnte? Wenn es um praktische Dinge wie den Unterschied zwischen dynamischer und kinematischer Viskosität ging, war das gut und schön, wenn es um mehr ging, was einen persönlich berührte, blieb man irgendwann unbefriedigt zurück. Was war noch interessant, wenn man zu fast allem mehr Details und

Meinungen fand, als man überhaupt lesen konnte? Zu jedem Film konnte man eine Zusammenfassung und Kritik lesen, von jeder Band Videos sehen und hören, von jedem Kaktus Bilder von sehen, womöglich noch von natürlichen Standort. Nichts war mehr besonders, weil alle Besonderheiten auf hoffnungslos überfüllten Silbertabletts lagen.

Das Internet als Gehirn der Menschheit – das eben war das Problem, dass in einem menschlichen Gehirn vor allem Müll und Überflüssiges, ja Widerwärtiges und Gefährliches entstand und aufbewahrt wurde, und Wichtiges schwer auffindbar war. Die unendlichen Weiten des Internets – so kam es Alex vor fünf oder sechs Jahren noch in aller Naivität vor – waren in Wirklichkeit keine. Oder höchstens, wenn man in einem Chatroom oder Forum Kommunikationsbereitschaft signalisierte und niemand antwortete, mit dem sich ein Austausch lohnte: Schweigen und Leere im Universum, wo noch nie zuvor ein Mensch gewesen war. Wurmlöcher, wenn einen ein Hyperlink weiterbrachte und doch nicht weiterführte als in sinnlose Schleifen. Ansonsten erweckte das www auf Schritt und Tritt eher den Eindruck drangvoller, miefiger Enge. Lauter mit Kleinkram, Bildchen, Tönchen und Animationen vollgestopfte Homepages, Unfertiges under construction. In jeden Forum und auf jeder Website komplett überflüssige Links ins Beliebige. Jeder wollte seine geistigen Ausscheidungen präsentieren und dafür noch bewundert werden. Das Prinzip der Gegenseitigkeit führte zur Hordenbildung, zu elektronischen Vereinen von Kaninchensammlern und Briefmarkenzüchtern. Die Ähnlichkeit zum hässlichen Alltag: Pop-ups und Bannerwerbung wie Plakate, die die Straßen noch hässlicher machten, nur dass die virtuelle Werbung nie schmutzig, vollgeschmiert und zerrissen war. Die Hauptseite von Alex' Emailanbieter sah aus wie eine Boulevardzeitung mit

Schmuddel- und Skandalschlagzeilen und dem dickbusigen Girl des Tages. Nur das man eine Zeitung schneller umblättern kann und nicht warten muss, bis das Titelblatt hochgeladen ist und man sich endlich einloggen konnte. Virtuell wie real trieben marodierende Jugendliche ihr Unwesen. Vor allem, wenn Schulferien waren, schmierten sie gern in dem einen oder anderen Forum herum und beleidigten Leute. Der Fluch der Anonymität.

Dann gab es natürlich noch die kommerziellen Pages. Die waren entweder so unbequem und unansehnlich wie früher getippte und fotokopierte Kataloge von Klein-Versandhandelshäuser wie die, in denen Alex als Schüler Elektronikbauteile für seine Basteleien kauft, oder wie Supermarkt-Wurfsendungen. Oder sie waren widerlich professionell durchgestylt.

Surfen im Internet während der Arbeitszeit war beim WBI Volkssport. Was die Doktoranden und Techniker so alles trieben, wollte Alex lieber nicht so genau wissen. Kaum war es technisch möglich, ganze CDs und Spielfilme aus der Telefonleitung zu saugen, füllten sie ihre Archive. Abgesehen davon, dass auch Alex nach seinen Lieblingskakteen, -bands oder -autoren suchte, bekam er seinen Anteil von schlechten, geschmacklosen, brutalen, schweinischen Witzseiten, Bilddateien, Filmen oder Online-Spielen mit, die sich die Kollegen so zuschickten. Ab und zu hatte Alex auch ein paar Karikaturen und Comics an seine Kollegen verschickt, um sich nicht auszuschließen. Und um für seinen ausgefallenen Sinn für Humor bewundert zu werden.

Dann doch lieber fernsehen und gar nicht mehr Surfen? War das einfach nur eine schlechte Angewohnheit? – Auf solche Gedanken war Alex bereits einige Male gekommen. Bis jetzt schien das Internet trotz allem mehr eine Spaßangelegenheit zu sein, aber Karins Aktionen hatten damit aufgeräumt. Es war nicht mehr nur etwas, dem man sich überlegen fühlen konnte, es war plötzlich gefährlich geworden. Kaum hatte er gedankenlos den Browser angeklickt, erschrak er und bekam ein flaues Gefühl im Magen. Es war, als würde er erfahren, dass in den Straßen, in denen er nachts spazieren ging, regelmäßig Leute zusammengeschlagen und ausgeraubt wurden. Er war jetzt nur einem selbsternannten Robin Hood begegnet, aber zweifellos gab es Leute mit denselben Fähigkeiten, aber bösartigeren Absichten.

Alex hatte sich im Institut verspätet, weil er in seinem Geheimlabor elektronische Filter zusammengelötet hatte. Ihm war, als bräuchte er Ablenkung, und beim Löten brauchte man an nichts zu denken, nur sich selbst auf die Finger zu kucken und widerspenstige Drähte zu bändigen. Genauer gesagt, er kam kaum zum Denken bei Bändigen der Materie. Das Festhalten von Lötkolben, Lötzinn und zwei zu verbindenden Bauteilen erforderte eigentlich vier Hände, Feinmechanikschraubstöcke und Löthilfen waren da nur ein Notbehelf. Das Kabel des Lötkolbens hatte Brandnarben, dort, wo er mit der heißen Lötspitze daran gekommen war. Und der Lötzinn oder vielmehr das Flussmittel rochen beim Schmelzen wie angebrannter Kamillentee.

Er hatte gehofft, seine Zeitmaschine würde ihn von Karin ablenken, nachdem, wie er sich eingestand, es bislang umgekehrt gewesen war. Es hatte aber nicht funktioniert – er hatte sich plötzlich gefragt, ob Karins Freund Dirk auch gelegentlich Elektronikteile zusammenlötete, irgendwelchen speziellen Computerkram. Seit drei Tagen hatten sie nicht voneinander gehört. Als er abends mit der Straßenbahn nach Hause fahren wollte, stand Karin bereits an der Haltestelle.

»Hi, Alex. Ich hab mich schon gefragt, warum du dich nicht mehr gemeldet hast.« sagte sie, nicht in ihrem üblichen spröden Tonfall, sondern ungewohnt sanft und zurückhaltend. »Ich hab mich nicht getraut, dich anzurufen.«

»Hi, Karin.« Einen Moment lang wollte er vortäuschen, keine Zeit und zu viel Arbeit gehabt zu haben. »Mir ging es seit Montagabend nicht so gut, irgendwie. Ich mache mir Sorgen um dich.«

»Wegen dieser Hackergeschichten? Brauchst du nicht, aber... Ich glaube, ich halte mich in nächster Zeit ein bisschen zurück damit. Ich kann Dirk auch versetzen, dass ist nicht so tragisch... Du bist eifersüchtig auf ihn, stimmt's?«

Das war der kritische Moment, weil Alex durch diese Frage wie ein Idiot dastand.

»Nun ja, du musst ja eine Menge Vertrauen in ihn haben.«

»Schon, aber nur was ganz bestimmte Dinge angeht. Wenn ich dir nicht viel mehr vertrauen würde, hätte ich dir gar nichts erzählt. Jedenfalls hab ich nie was mit ihm gehabt, wenn du das denkst.«

»Das habe ich von allein gemerkt. Männlicher Instinkt halt.«

»Das hat mein weiblicher Instinkt auch vermutet, dass du das merkst, meine ich, aber ich dachte, ich sag's noch mal.«

Das eben war der Punkt, dachte Alex, wir sind einander viel zu ähnlich, wir können unsere Gedanken lesen. Wir brauchen nicht mehr viel reden – und können es deshalb vielleicht auch nicht. Ich hätte an der Stelle auch einen halbernsten Witz gemacht.

Schließlich kam die Bahn, und Karin fuhr kurz entschlossen weiter zu Alex' Haltestelle und begleitete ihn nach Hause. Sie liefen zusammen durch die Nacht, aßen zusammen, küssten sich und redeten auch zwischendurch, ohne sich so richtig auszusprechen. Die Vertrautheit wuchs auch ohne das wieder, es war nicht ganz die alte, aber mindestens gleichwertig. Wahrscheinlich gibt es auch gar nicht so viel zu bereden, dachte Alex, und es ist besser, wenn wir ohne dramatische Aussprache weitermachen. Stattdessen erzählte Karin schließlich von ihren Freunden vor Alex, worüber sie bisher nur in Andeutungen gesprochen hatte. Jetzt wusste Alex immerhin die Namen und wie sie sich jeweils getrennt hatten. Alex erzählte von seinen Freundinnen, sie schauten sich alte Fotos – allerdings ohne die Freundinnen – an. Alte Fotos zeigen war schon sehr persönlich, vor allem, weil teilweise seine Familie darauf war. Seine Fotokisten waren halt nicht sortiert, Karin sah sich an, was immer ihr in die Finger fiel. Fotos waren viel intimer als skizzenhafte Beziehungsgeschichten, die ohne die Details und die Dinge, über die man niemals reden würde, eigentlich nicht viel bedeuteten und austauschbar schienen. Jetzt hatten sie sich versöhnt und sich wieder Vertrauen geschenkt. Schließlich brachte Alex sie zu Fuß nach Hause, weil schon lange keine Bahn und kein Bus mehr fuhr. Es war viertel vor zwei, als er endlich todmüde und glücklich ins Bett fiel.

Karin hatte Alex für Freitagabend zum Essen eingeladen, in ihre Wohnung. Alex kam nach alter Gewohnheit ein paar Minuten zu früh. Es fand Karins Wohnungstür offen, nachdem sie ihn ins Haus eingelassen hatte, sie erwartete ihn aber nicht an der Tür. Dafür roch es intensiv nach Essen. Karin war in ihrer winzigen Küche damit beschäftigt, gleichzeitig einen Topf mit Nudeln umzurühren und eine Paprikaschote klein zu schneiden.

»Hallo, Alex.« Sie verrenkte den Hals für einen Begrüßungskuss. »Dauert leider noch was mit dem Essen.«

»Hallo Karin. Das riecht aber lecker, nach Fisch irgendwie. Kann ich dir was helfen?«

»Such mir doch bitte mal die Packung mit den Erbsen aus dem Gefrierfach.«

»Wie komme ich denn zu der Ehre? Ich dachte, wir gehen eine Pizza oder Döner essen.«

»Ich hatte Lust, selbst zu kochen. Und kein aufgewärmtes Fertiggericht!«

Alex gab ihr die Erbsen, stand einen langen Moment überflüssig herum und ging aus Verlegenheit und Platzmangel in das andere Zimmer. Den Tisch in ihrem Wohnschlafarbeitszimmer hatte sie bereits gedeckt, einschließlich Kerzen und kunstvoll gefalteter Servietten. In ihrem CD-Regal standen die *Pixies* neben *Helmet* und den *Smashing Pumkins*, alle fünf *Tool*-Alben und das Debüt von *Garbage*. Modetorheit! Das schwarze Album von *Metallica* neben den wichtigsten Werken von *Nirvana*, was nur mit Willkür zu erklären war. Aber dieses Rumschnüffeln war Alex peinlich, er ging lieber in die Küche zurück.

Dort wurde das letzte Gemüse im Soßentopf versenkt. Karin goss die Nudeln ab, streute Salz und Gewürze in die Soße und ließ Alex beim Abschmecken helfen. Nachdem das Essen aufgetragen war, lief sie noch einmal in die Küche zurück, um eine Flasche spanischen Markensekt aus dem Kühlschrank zu holen.

»Lachs mit Sahnesoße«, sagte sie, als sie endlich vor den gefüllten Tellern saßen, und strich sich zwei Haarsträhnen hinter die Ohren. »Guten Appetit. Und Prost erstmal.«

»Zum Wohl. Danke noch mal für die Einladung.«

»Bild dir was drauf ein, du bist der erste Mann, den ich bekoche.«

»Ich bin beeindruckt. Sehr lecker übrigens.«

Was stimmte, da Alex kein großer Fischesser war und ihm die deutliche Pfeffernote entgegen kam. Der Fisch war sonst gut, soweit er das beurteilen konnte. Die Soße war leider so gut wie nicht gebunden. Dafür waren die

Nudeln al dente auf den Punkt.

»Mist, so flüssig hatte ich mir das nicht vorgestellt.«, meinte Karin, als sie Angst um ihre schwarze Bluse bekam, weil die Soße ständig vom Löffel zurück auf den Teller platschte. »Wie kriegt man das weg?«

»Mit Mehlschwitze.«

»Mist, ich wusste, dass ich was vergesse.«

»Macht nichts, schmeckt trotzdem super. – Heute war wieder eine von diesen schwachsinnigen Reinigungsaktionen, im Institut, meine ich. Reinste Zeitverschwendung.«

»Toll. War dirty old man hinterher zufrieden?«

»Wie? Ach so, der war heute gar nicht da. Deswegen waren wir ja so unwahrscheinlich gründlich.«

»Tja, ich habe heute an einer Liste von Leuten gearbeitet, die von unserer Abteilung Weihnachtskarten bekommen.«

Karin hatte ziemlich viel gekocht. Alex schaffte mit Mühe einen randvollen zweiten Teller, dann war es ausgestanden.

»Richtig kochen tue ich ja selten, aber einkaufen mag ich ganz gern. Erinnerst du dich an den Markt, wo wir letzten Samstag kurz waren?«

»Nach dem Flohmarkt, der auf dem Wilhelmsplatz? Den finde ich auch schön, ist aber ziemlich teuer. Die Sachen von dem Bioladen sind lecker. Hast du mal den Kräuterfrischkäse probiert?«

»Dieser Bioladen, wo meistens dieser dunkelblonde Verkäufer ist, so Ende dreißig und immer so betont freundlich?«

»Typ supernetter Grundschullehrer? Ich glaube, wir meinen denselben. Schäkert immer so dezent mit den zahlungskräftigen Damen ab vierzig aufwärts.«

»Nach Feierabend ist er ein kleiner Perverser. Steht auf Reizwäsche und Sado-Maso-Sex.«

»Wie, kennst du den so gut?«

»Keine Spur. Ich habe nur seine Fotos abgeholt.«

Karin holte aus einem Regal einen Aktenordner, blätterte ihn auf und reichte ihn Alex herüber. Die eingeklebten Fotos zeigten in der Tat das, was Karin versprochen hatte. Am Anfang der Bilderserie war eine Kopie vom Adressfeld der Fototüte aufgeklebt, eingetragen war als Name: M. Schärmbeck, Adresse: kein Eintrag, Ort: Radevormwald.

»Wo hast du die denn her?« fragte Alex entgeistert.

»Im Drogeriemarkt abgeholt und bezahlt. Genau wie die anderen Fotos in dem Ordern. Der Film von Herrn Schärmbeck war allerdings ein ziemlich einmaliger Glücksgriff.«

»Du hast fremde Fotos abgeholt?«

»Naja, damals ging das noch. Ich hab dann an der Kasse gesagt, ich hätte den Abschnitt, also den Abholausweis verloren oder vergessen. Das sollte man auch nicht zweimal mit derselben Verkäuferin machen. Manchmal habe ich ganz einfach im Laden Fotos aus den Taschen genommen. Zum Schluss habe ich auch welche gefälscht, als sie anfingen, strikt die Abschnitte zu kontrollieren. Das heißt, ich habe richtige genommen, für die ich natürlich keinen Film abgegeben habe, und die Kennziffern verändert. Die Kennziffern habe ich vorher im Laden ausgekundschaftet und gehofft, dass der Film in der Zwischenzeit nicht abgeholt worden war. Am Anfang habe ich einfach Filmtaschen genommen, bei denen ich den Namen oder die Handschrift interessant fand. Schärmbeck war so ein Fall, ich wusste gar nicht, dass ich den kannte.«

»Und die Frau auf den Fotos? Muss man da nicht was unternehmen?«

»Das ist seine Frau oder Freundin oder so. Wahrscheinlich steht die auf so was. Manchmal sind die in ihrem

Bioladen zusammen am Verkaufen, die verstehen sich offenbar prächtig.«

Ob das zu Karls Theorie passte, Frauen mit astrologischem Wasserzeichen seien masochistisch veranlagt? Alex fragte sich unwillkürlich, welches Sternzeichen Frau Schärmbeck hatte. Was für ein Unsinn!

»Und der Rest von den Fotos?« fragte er. Sie saßen mittlerweile nebeneinander auf dem Sofa, das Fotoalbum auf den Knien.

»Naja, gemischtes Programm. Extrem peinliche Familienfeiern, missratene Kinder, blöde Urlaubsfotos, scheußliche Wohnungseinrichtungen. Ein paar Schlafzimmerfotos sind noch dabei. Hier die Erbschleicherbande bei Omas Achtzigstem, später schon ziemlich betrunken.«

»Krass. Ich weiß nicht, ob ich lachen oder heulen soll.«

»Ich auch nicht. Ich hab mal spontan damit angefangen, dann wurde eine Art privater anthropologischer Studie daraus. Ich hab es aber bald wieder aufgegeben, das ist alles ein paar Jahre her. Heutzutage wäre es auch witzlos, weil eh jeder digital fotografiert.«

»Die Negative habe ich übrigens die Leuten zurückgeschickt, oder wieder in die Fotoabteilung zurückgelegt. Oft auch mit den kompletten Fotos, wenn nichts Schlimmes dabei war.«

»Wahrscheinlich hat der Schärmbeck noch monatelang auf einen Erpresserbrief gewartet.«

»Sein Problem. Erpressen könnte man damit sowieso kaum einen.«

»Und du hast jedes Mal Namen und Adresse dokumentiert. Du hättest auch eine prima Wissenschaftlerin abgegeben.«

»Naja... Soll ich noch einen Forschungsbericht dazu schreiben?«

»Eigentlich finde ich das ja auch lustig, und ich bewundere deinen Sinn für Gerechtigkeit und deinen Blick fürs Morbide, aber verrat mir bitte, ob nach Internetsabotage und Fotoklau noch mehr kommt.«

»Nee, mehr habe ich wirklich nicht auf dem Kerbholz – bis auf die Sache mit der Gefriertruhe vielleicht.«

»Was für eine Gefriertruhe?«

»Vor zwei Jahren hat der Supermarkt, in dem ich meistens einkaufe, eine gesonderte Gefriertruhe aufgestellt für Halal[14]-Lebensmittel, also koscheres Essen für Muslime.«

»Das hätte ich jetzt auch gewusst.«

»Danke für den Hinweis. Also nur Fleisch von geschächteten Tieren, die bei vollem Bewusstsein verblutet sind. Ich war damals in einen militanten Tierschützer verknallt – ist auch schon ein paar Jahre her. Also, für die ganzen Gefrierdöner sind die Lämmer elend verblutet, da dachte ich, ich verderbe denen, die so was brauchen, ein bisschen den Spaß. Ich habe dann jedes Mal, wenn im Laden war, was anderes mit Schwein dazugelegt. Cordon Bleu oder Pfannengyros oder was ich an Fertigfraß sonst gefunden habe, solange deutlich ›vom Schwein‹ draufstand.«

»Nette Idee, aber hat das jemanden interessiert?«

»Ich denke schon. Jedenfalls war die Gefriertruhe nach ein paar Monaten wieder weg.«

»Ich fürchte nur, du hast nicht allzu viele Lämmer gerettet. Dann kaufen die halt wieder woanders ein. Vielleicht wurde die Truhe auch nur abgebaut, weil der Umsatz nicht stimmte.«

»Kann auch sein. Der Typ wollte ohnehin nichts von

---

[14] Aus dem Arabischen für ›rein‹, ›erlaubt‹, als Bezeichnung für Muslimen erlaubte Lebensmittel. Trotz Gemeinsamkeiten ist koscher nicht gleich halal, da zum Beispiel Wein koscher, aber niemals halal sein kann.

mir, und ich bin ja auch keine Vegetarierin mehr. Aber es macht mir auch Spaß, Rechtgläubige und solche, die sich dafür halten zu ärgern. Mal sehen, wer als Nächstes dran kommt. Katholiken ständen ganz oben auf der Wunschliste.«

»Dir fällt schon was ein. Wenn ich demnächst wieder an den Zeugen Jehovas in der Fußgängerzone vorbeikomme, pfeife ich für dich ›Highway to hell‹[15].«

»Auch schön, aber das erkennen die doch gar nicht. – Du Blödmann, du machst dich über mich lustig!« Karin warf ihm ein Sofakissen ins Gesicht, es kam zu weiteren Handgreiflichkeiten, die letzten Endes in beider Absicht lagen.

Karin war am nächsten Morgen etwas überrascht, als Alex wieder zum Flohmarkt wollte, und reagierte ungnädig darauf, deswegen so früh aus dem Bett gedrängt zu werden. Schließlich hatte sie aber auch nichts Besseres mit dem Tag vor.

Alex fühlte sich bei diesem zweiten Besuch bereits soweit heimisch, dass er die Flohmarkthallen genau erkunden wollte, anstatt wie beim ersten Mal eingeschüchtert vom Unbekannten und Schäbigen hindurch zu schleichen und darauf bedacht zu sein, wenig Kontakt herzustellen. Interessiert sog er die Gerüche ein, ein Durcheinander von muffigen Kleidern, feuchtem Papier und alten Möbeln, scharfen Gewürzen und grellen Parfüms, nach Keller und rostigem Metall. Zumindest glaubte er, den Geruch angelaufener Metalloberflächen wiederzuerkennen. Viele der Stände sahen aus wie zur Dauereinrichtung gewordene Improvisationen. Jedenfalls war es nur schwer vorstellbar, dass kunstvoll drapierte Schaufensterpuppen,

---

[15] Song der australischen Hardrockband AC/DC. Soll angeblich keinen satanistischen Hintergrund haben.

tonnenschwere Heizstrahler und riesige, vollgestopfte Regale jede Woche für ein paar Stunden Verkaufszeit aufs Neue aus- und eingepackt und durch die Gegend gefahren wurden. Verkäufer wie Publikum waren sehr heterogen zusammengesetzt, von Antiquitätenliebhabern bis zu Sozialfällen. Die meisten waren allerdings eher auffallend normal, so, als ob sie am Wochenende zum Vergnügen Käufer oder Verkäufer spielten.

Viele alte Computer samt Zubehör wurden angeboten, dazu obsolete Fachliteratur für längst ausgestorbene Hard- und Software. Sogar einen Endlospapierdrucker sah er. Dem letzten, an den er sich erinnerte, musste er vor etlichen Jahren an der Uni begegnet sein. Der ausgemusterte Rechner, den er sich im Institut auf die Seite geschafft hatte, war ungefähr gleich alt – Vanitas digitalis. Alex kam die Idee, hier vielleicht Zubehör für seine Experimente zu finden. Er fand einen Joystick[16], der eine zu seinem Rechner passende Schnittstelle besaß, und ein Display aus einem alten Elektronikbaukasten. Die würden als Steuer- und Kontrolleinheiten für seine Zeitmaschine besser zu gebrauchen sein als ein Drehspul-Messgerät oder der Computerbildschirm, der noch dazu ein großer, schwerer mit Elektronenstrahlröhre war. Karin wunderte sich, was er mit diesem alten Schrott vorhatte, Alex sagte nur etwas von Elektronikbasteleien und stopfte die Sachen in seinen geräumigen Rucksack.

Auf die Bücherstände stürzte er sich neugierig, war jedoch bald schwer enttäuschten: Zerfledderte Fanbücher zu zwanzig Jahre alten Fernsehserien, Ratgeber und Lebenshilfebücher über Eheverträge, Steuererklärungen und

---

[16] Steuergerät für Computer und anderes elektronische Spielzeug, das Ähnlichkeit mit einem Flugzeugsteuerknüppel besitzt. Wird vor allem zur Eingabe zwei- oder dreidimensionaler Bewegungen benutzt sowie zum Schießen per Druckknöpfen.

verschiedene Arten fehlender Gesundheit, ansonsten literarisch komplett wertlose Prosa. Konsaliks und Danellas gesammelte Werke hätte man sich in kürzester Zeit zusammenstellen können. Das einzige lesenswerte Buch kaufte er: ein Taschenbuch mit Kurzgeschichten von Edgar Allen Poe im englischen Original, ziemlich vergilbt, aber sonst in Ordnung. Mit sechzehn, siebzehn hatte er viel Poe gelesen.

Zuletzt kam ein CD- und Schallplattenhändler dran, der ein ganz gutes Angebot an Punk, Independent und Alternative hatte, aber leider auch relativ teuer war. Alex blieb bei Sonic Youth hängen. Sonic Youth war eine Kultband, die aus unergründlichen Gründen an ihm vorbeigegangen waren. In den frühen Neunzigern, als gute, sperrige Musik plötzlich massentauglich war und man MTV noch einschalten durfte, hatte er sie dort ein paar Mal gesehen und den einen oder anderen Artikel in Musikzeitschriften über sie gelesen. Ein Nachbar im Stundenwohnheim, Claus, hatte ihm damals öfter Kassetten ausgeliehen, eine mit zwei Sonic Youth-LPs war dabei gewesen. Claus hatte eine E-Gitarre besessen und in einer Band gespielt, bevor er sich an der Uni für Physik einschrieb und sich mit den Mathe-Klausuren abplagte. Er hatte Alex ein paar Griffe auf der Gitarre gezeigt und Kassetten geliehen, hatte aber sonst viel coolere Freunde, so dass sich Alex ein bisschen wie das fünfte Rad am Wagen vorkam. Alex' deutlich größere Begabung für Mathematik machte es auch nicht besser. Wenige Melodiefetzen und eine struppige Erotik waren in seinem Kopf hängengeblieben, was Sonic Youth betraf. Claus hatte gemeint, das seien nicht unbedingt die besten Sonic Youth-Alben gewesen, aber die anderen Kassetten seien noch zu Hause. Kurz danach war er weggezogen und hatte woanders weiterstudiert.

Das hatte nicht gereicht, um sich über ihre Musik klarzuwerden, aber das könnte er ja jetzt nachholen. Er entschied sich für ›Dirty‹. Der Jahrgang 1992 war insgesamt ein guter in der Musikwelt gewesen, der Titel und das Cover waren recht viel versprechend. Auf der Vorderseite eine Art Strickpuppenkäfer, auf der Rückseite unter anderem Kim Gordon mit Sonnenbrille. Er hatte dieses Album damals im Plattenladen mehr als einmal in der Hand gehalten. Sechs Euro kostete der Spaß, die Plastikhülle war ziemlich angekratzt.

Das reichte ihm an Flohmarktbeute für dieses Mal. Karin hatte sich eher lustlos dies und das angeschaut und schlug vor, bei ihr zu Hause den Nachmittag zu vertrödeln, und abends in Kino zu gehen.

Das Poe-Buch roch etwas muffig, das Papier war auch etwas braun vor Alter, stellte Alex im Bus fest, und vorn stand eine alte Widmung: »Bruxelles, 23.12.79 Dear Katia, Merry Christmas Love Henry«. Es gab ihm Anlass zu Spekulationen, dass das Datum trotz der englischen Widmung eher kontinentaleuropäisch notiert war, vor allem in Verbindung mit dem Namen »Katia«. Vielleicht war Henry ein wallonischer Henri, und Englisch die einzige Verständigungsmöglichkeit? Außer der Sprache schien es noch andere Schwierigkeiten zu geben, sonst hätte Katia sich wohl nicht von ihrem Weihnachtsgeschenk getrennt.

Karin hatte nichts dagegen, dass Alex die neue CD bei ihr zu Hause auflegte. Das »zu Hause«, der Wohnraum in Karins Wohnung tendierte zu diesem Zeitpunkt schon sehr in Richtung Schlafzimmer. Das erste Stück fand er überraschend schwach, und dann war seine Aufmerksamkeit endgültig woanders. »I can never forget you« ging die erste Zeile, und das schien ihm auch keine außergewöhnliche Aussage zu sein.

Da Karin so weit aus sich herausgegangen war, für ihn zu kochen und ihm so geheime Dinge wie die mit den gestohlenen Fotos anvertraut hatte, wollte Alex ihr einen ähnlichen Vertrauensbeweis geben. Und noch mehr versuchte er, ihr zu zeigen, wer er gewesen war. Und sich selbst wohl auch, in der Hoffnung wieder mehr der alte zu werden. Er führte eine Art Tagebuch, in das er Dinge schrieb, die er erlebt oder gedacht hatte. Es kam allerdings nicht oft vor, dass ihm etwas wichtig genug zum Aufschreiben erschien. Für Karin hatte er sich einen Alptraum ausgesucht, den er mit zweiundzwanzig gehabt hatte, ein seltenes Exemplar, da er sich nur selten an eine lange Strecke Traum mit so vielen Einzelheiten erinnerte. Am Sonntag, als es draußen kalt und ausdauernd regnete, und sie beide es sich mit Tee und Keksen in Alex' Wohnung im Bett gemütlich gemacht hatten, fragte er Karin umständlich, ob er ihr diesen Traum vorlesen durfte.

»Alptraum klingt ja schon mal viel versprechend.« antwortete sie.

»Ja, passt auch zum Wetter.« Er suchte das Buch aus einer Schreibtischschublade heraus, kletterte wieder in Bett und ließ sich am Fußende nieder.

»Also, abgelesen wie vor fünfzehn Jahren aufgeschrieben:

›Die Überleitung vom vorangegangenen Traum fehlt mir. Ich blättere ein Buch durch, einen Bildband mit alten Schwarzweißfotos, die langsam und Blatt für Blatt vor meinem inneren Auge stehen. Ich finde Porträts von alten, farbigen Bluessängern, die mich interessieren, sehr dunkle Bilder, sehr dunkle Gesichter mit schweren Falten. Dann kommt eine Art Holztor wie von einer Scheune oder einem Holzhaus, dann ein langer, schmaler Zwischenraum zwischen hohen, nadeligen Hecken. Den Boden bildet schwarze, weiche Komposterde. Alles immer noch in dunklem Schwarzweiß. Die Bluessänger haben sich in eine Schrebergartenkolonie von Eremiten verwandelt, die in kleinen Gartenhäuschen zwischen den

Hecken vor sich hin vegetieren, siechen und bei lebendigem Leibe verwesen. Enge Verschläge folgen dicht an dicht aufeinander wie die Seiten eines Buches. Schwarze Hintergründe und strenge weiße Gesichter mit harten Falten. Ein werdender Heiligenfriedhof. Das Ganze ist, wie ich jetzt wiedererkannte, der Schauplatz eines alten amerikanischen Horrorfilmes, ein monströser Stummfilm, den ich früher schon einmal gesehen hatte, der aber so eklig gewesen war, dass ich ihn kaum bis zum Ende durchgehalten hatte. Jetzt würde ich auch bis zum Ende durchhalten müssen. Mir ist, als ob mich jemand begleiten würde. Oder ich bin selbst zu einem der verwesenden Einsiedler geworden. Der Name des Regisseurs fällt mir sogar wieder ein, Tod Browning[17] oder so ähnlich. Die Eremiten haben lange weiße Bärte und sind äußerst unsympathisch, so dass ich kein Mitleid mit ihnen habe (offenbar bin ich doch nur Zuschauer und kann mich weiterbewegen). Auf Grund irgend einer finsteren Intrige und wegen ihres starren Glaubens muss einer von ihnen, oder eher: müssen sie alle langsam krepieren. Zwei von ihnen machen sich an meinem Bein zu schaffen, sie schmieren Salben darauf und wickeln alte Verbände darum. Vielleicht sind es auch nur zwei Maskenbildner aus dem Horrorfilm. Der Verband sieht wie absichtlich schmutzig aus. Vielleicht soll das Bein auch amputiert werden und ist schon halb verfault, und die Salbe soll es nur betäuben. Vielleicht wollen die beiden das Bein rituell auffressen. Sehr besorgt bin ich aber nicht, weil ich es gar nicht genau weiß und weil ich keine Schmerzen mehr habe. Vor allen Dingen halte ich immer noch das Buch

---

[17] Tod Browning, eigentlich Charles Albert Browning, * 12. Juli 1880, Louisville, Kentucky, † 6. Oktober 1962, Santa Monica, Kalifornien. Regisseur und Drehbuchautor, vorher Tänzer, Clown, Zauberer und Schauspieler. Pionier des Horrorfilms.

von Anfang in meinen Händen. Jetzt stehen Verhaltens-maßregeln für die Eremiten darin, ich muss sie lernen, wenn ich dazugehören soll und ebenfalls dahinsiechen. Die Wichtigsten sind die über den Umgang mit Leichen. Leichen sollen nicht zerstückelt und auch nicht nach Lei-chenteilen sortiert gelagert werden, etwa nach Händen – hier wird ein Standbild in den Film geschnitten: ein paar abgehackte Hände, die in der dunklen Komposterde la-gen, aber keine Eremitenhände, sondern Weiße, Glatte – oder Mündern. Auf dem nächsten Bild sind aus Gesich-tern herausgeschnittene Münder zu sehen, offen stehende Lippen, mit Zähnen und Zungen dazwischen, auch sie liegen hell auf der schwarzen Erde, jung und ohne Bart, aber tot, leichenweiß und abgeschnitten. Das kann aber nicht sein, dass Lippen und Kiefer zusammenhängend aus Köpfen herausgeschnitten oder -gehackt werden kön-nen.‹

An der Stelle bin ich damals aufgewacht.«

Karin atmete tief. »Das war ein bisschen heftig. Ich meine, ich hab mich noch nie an einen so langen Traum erinnert, deswegen klingt es für mich ein bisschen ausge-dacht.«

»Das kommt bei mir ab und zu vor, dass ich so lebhaft träume und es hinterher noch weiß.«

»Wenn du's sagst, wird es schon stimmen... Filmreif. Ich meine, dass du ein bisschen düster drauf bist, weiß ich ja, aber das war schon krass, mit Verwesung und Lei-chenteilen.«

»Hat tatsächlich viel mit Film zu tun. Bei einigen Sa-chen war mir schnell klar, wie sie in den Traum gekom-men sind. Über alte Country-Blues-Sänger aus den Drei-ßiger Jahren hatte ich kurz vorher was tatsächlich gelesen, ausgehend von dem legendären Robert Johnson[18], der angeblich einen Pakt mit dem Teufel geschlossen hatte, sprich, seine Seele verkauft, um besser Gitarre spielen zu lernen.«

»Hab ich nie von gehört. Blues ist aber auch nicht mein Ding.«

»So Leute wie Eric Clapton[19] und Keith Richards[20] sind furchtbar darauf abgefahren. Aber nicht nur solche Fossilien, auch Jack White von den White Stripes. Robert Johnson tingelte als Musiker durch die Kneipen und Tanzsäle, nahm ein einige Songs auf und ist noch in jungen Jahren aus Eifersucht vergiftet wurde. Anhören kann ich mir das allerdings auch nicht so gut, die Stimme allein ist ziemlich gewöhnungsbedürftig. Die Songtexte sind interessant: eine Art existentialistische Verlorenheit und dann wieder christlicher Glauben beziehungsweise Aberglauben, und natürlich viel Liebesleid. Ist ja schließlich Blues. Bisschen voodoomäßig, dann wieder der Jüngste Tag.

Womit der Schritt zum Metaphysischen getan wäre.

---

[18] Robert Johnson, * 8. Mai 1911, Hazlehurst, Mississippi, † 16. August 1938, Greenwood, Mississippi. Gitarrist, Sänger und Songschreiber (Blues). Der Legende nach von einem eifersüchtigen Ehemann durch strychninversetztem Whiskey vergiftet, andere Vermutungen sprechen von Lungenentzündung oder Marfan-Syndrom (genetisch bedingte Bindegewebsschwäche) als Todesursache. Auf dem Totenschein soll Syphilis als Todesursache genannt sein.

[19] Eric Patrick Clapton, * 30. März 1945, Ripley, England. Britischer Gitarrist, Songschreiber und Sänger (u. A. bei *Cream*). Seine Leistungen als Gitarrist sind unbestritten.

[20] Keith Richards, *18. Dezember 1943, Dartford, England. Britischer Gitarrist, Songschreiber, Sänger (bei den *Rolling Stones* und solo). Seine Leistungen als Songschreiber sind unbestritten.

Friedhöfe und das Finstere, Zerstörende am christlichen Glauben waren damals eh' meine Lieblingsthemen gewesen. Im Nachhinein frage ich mich, warum? War das Grufti[21]-Mode? Gab es keinen anderen Feind? Brauch man das, wenn man jung ist und allein und es einem sonst zu gut geht?«

»Vor allen Dingen kann man sich sicher sein, dass es den Eltern nicht gefällt!«

»Das allerdings auch. Trotzdem weiß ich noch nicht so richtig, wo die Eremiten herkommen. Die ganzen Horrorfilmelemente müssen mit ›Freaks‹ zu tun haben, an den ich mich kurz vorher wieder erinnert hatte. Von dem Film hatte ich dir ja neulich schon erzählt. Als ich sechzehn oder siebzehn war, waren im Fernsehen einige Horrorstreifen aus den Dreißigern gelaufen, die ganz richtig alten Frankenstein- und Draculafilme. Und ein paar andere, darunter ›Freaks‹. Danach hatte ich keinen einzigen mehr gesehen, den man damit vergleichen könnte. Höchstens

---

[21] Gruftis, häufiger Gothics oder Goths: Anhänger einer Subkultur, die Anfang der 1980er Jahre aus und nach dem Post-Punk entstand. Kennzeichnend sind Vorlieben für Tod, Vergänglichkeit, Vergangenheit, schwarze Kleidung und zum Teil Okkultismus – was von Außenstehenden teilweise zum Satanismus umgedeutet wurde –, als Gegenströmung zu bürgerlichen Tugenden wie Erfolgsstreben und Optimismus. Da Individualität eine große Rolle spielen soll, die Gothics andererseits wie fast jede Jugendkultur der Kommerzialisierung und dem Altern unterworfen sind, ist eine Definition und Abgrenzung schwierig. Ein Klischeegrufti wäre zu erkennen an einem langen schwarzen Mantel, wirren schwarzen Haaren und blass geschminktem Gesicht mit dunklem Lidschatten (zwischen Wasserleiche und Pandabär). Dass sich normal-fröhliche Menschen aus Gründe der Mode düster geben, muss vielen echten Depressiven sauer aufgestoßen sein.

›Eraserhead‹[22], der hat gewisse Ähnlichkeiten, aber nichts mit dem Traum zu tun.«

»›Eraserhead‹ ist heftig, aber gut. Eigentlich der einzige gute von David Lynch[23].«

»›Freaks‹, fiel mir damals ein, hatte ich kurz vorher beim Durchlesen eines Kinoprogramms wiederentdeckt. Kurz vorher hatte ich die Nick Cave-Platte mit ›The Carny‹ gekauft, das passt mit seiner sinistren Atmosphäre ja wie die Faust aufs Auge. Ich könnte mir auch gut vorstellen, dass Nick Cave bei dem Lied ›Freaks‹ im Hinterkopf hatte, in dem Lied gehts ja auch um Schausteller und eine freak show.

Dann gibt es in dem Traum noch Bestandteile, die ich erst Jahre später identifiziert habe.

Die Leichenteile haben ihren Ursprung in den KZ-Dokumentarfilmen, die ich früher gesehen hatte, zum Teil in der Schule, zum Teil im Fernsehen. Speziell an einen erinnere ich mich, in dem außer den Bergen ausgemergelter Leichen pseudomedizinische Präparate, Schrumpfköpfe und Lampenschirme aus menschlicher Haut gezeigt wurden. Kennst du ja höchstwahrscheinlich auch. In der Schule konnte man den Geschichtsfilmen nicht entkommen damals in den Achtzigern, aber diese mit den Leichen muss ich im Fernsehen gesehen haben. Die optische Ähnlichkeit ist ganz klar, die Filme waren ja alle in Schwarzweiß. Das Sortieren von Leichenteilen war auch ein Hinweis auf die fabrikmäßige Tötung und Vernich-

---

[22] Spielfilmdebut (1977) von David Lynch. Kultfilm. Alptraumhafte, teilweise surreale Atmosphäre und Handlungsteile. In schwarz-weiß gedreht. Konsequente Zuschauerquälerei durch grelle Helligkeits- und akustischer Kontraste (Flackern, Knacken etc.)

[23] David Keith Lynch, *20. Januar 1946, Missoula, Montana, USA. Regisseur, Drehbuchautor, Filmproduzent.

tung. Komisch ist nur, dass ich in dieser Zeit, als ich das geträumt habe, keinen Fernseher hatte und auch meine Eltern selten besucht habe, der Eindruck konnte also gar nicht frisch sein. Mir ist nicht klar, warum mein Unterbewusstsein das in den Eremiten- und Horrorfilm-Traum eingebaut hat. Ich meine, auf eine moralische Gleichstellung von Nazis und imaginierten religiösen Eiferern würde ich in wachem Zustand nicht kommen.«

Karin verstrubbelte sein Haar. »Da würde wahrscheinlich niemand drauf kommen, aber vielleicht war dein Unterbewusstsein schlauer als du. Und als der Rest der Welt.«

»Hm. Vielleicht war's sogar eine ganz gesunde Reaktion.«

»Wie?«

»Naja, ich hatte diverse Junglehrer, für die Antifaschismus dermaßen sakrosankt war, dass sie über solche Vermischungen und Assoziationen völlig entsetzt gewesen wären. Speziell die christlichen. Und die Überzeugungslinken. Wegen denen fingen die Klassenrüpel an, auf dem Schulhof den Nazi zu geben.«

»Dr. Girlitz-Freud, Revolutionär der Traumdeutung.«

Karin verzog sich für längere Zeit ins Bad.

Erst am Montagabend, allein in seiner Wohnung kam er dazu, sich ›Dirty‹ in Ruhe anzuhören. Vorher, beim Abendessen hatte er Radio gehört: In Kiel hatte am Vortag das erste Nichtraucherbordell eröffnet, so wurde berichtet, in dem nur nichtrauchende Angestellte arbeiteten. Die Betreiber sprachen von Marktvorteilen durch Konzentrierung auf eine bewusstere und nachhaltigere Klientel. *»Hier ist Radio Gotteslob, vor den Nachrichten gibts noch das Biowetter. —«*

Er machte das Radio aus und nahm sich die *Sonic Youth*-CD vor.

Das erste Stück ›100%‹ war immer noch nicht bemerkenswert. Die E-Gitarren klangen irgendwie fusselig und quietschend. Der verzerrte Gitarrensound von Indie- und Grungebands war ja immer eine Parodie oder eher ein Kaputtmachen klassischer Rocksounds bis zum Heavy Metal. Sonic Youth schienen es auf ein Nachäffen der Sound-Parodie anzulegen, die Meta-Parodie als Kunstanspruch. Das funktionierte aber nicht, weil das nach einiger Zeit auch wieder ein klassischer E-Gitarrensound war. Das zweite Stück ging schon besser zur Sache, das dritte, ›Theresa's sound world‹, hatte sogar einen richtigen Aufbau. Kim Gordon sang kratzig, gepresst oder keuchend, nicht sehr melodisch, aber erotisch, weil eher unprofessionell. Zum Glück wechselte sie sich mit mindestens einem der Herren ab. Der wirkte dann zu dröge. Wirklich gut war das Schlagzeug, der Drummer hatte ein paar Varianten mehr im Repertoire als die meisten seiner Indie-Kollegen oder die Rock-Deppen, die einen mit Solos oder ausgeklügelten Fills belasteten. Die ganze Band groovte stellenweise wirklich »wie Sau«, das war aber alles nichts Exzeptionelles, mehr als zehn Jahre später und zu seiner Zeit, also 1992, wahrscheinlich auch nicht. Und in acht Achteln auf und davon rocken konnten die *Pixies* noch besser. Soundwände und das Konzept Steigerung und Wiederholung waren ganz sympathisch, aber irgend etwas fehlte immer, um damit richtig warm zu werden. Auch gute Songs wie ›wish fulfillment‹ waren nicht richtig über die ganze Länge durchgehalten. *Sonic Youth* waren zu routiniert und abgebrüht, gerade beim Chaotischen und beim Experimenten. Da haben sie zu viel gewollt, zuviel Verschiedenes, nicht etwa zu Schweres, zu Geniales.

Soviel zum Zurückkaufen der Vergangenheit, der Coolness von vor fünfzehn Jahren, die er gern gehabt hätte.

Zu hundert Prozent war er halt doch nie auf der Independent-Schiene gewesen überlegte Alex. Neben dem 80-er Indie und 90-er Grunge war ja immer auch Älteres dabei gewesen, *Doors, Pink Floyd, Jethro Tull.* Früheres Musikhören war bei ihm mehr niedliche Rebellion gewesen, heute eher Resignation und Sedativum, Gefallen am Obskuren, am Sperrigen, am Pulsierenden. Vielleicht war es so etwas wie sekundärer Drogenkonsum, Musik von Leuten zu hören, die chemisch ihr Bewusstsein geweitet hatten, dabei gesundheitsfreundlich und völlig legal. Früher war die Musik noch von metaphysischer Bedeutung, ein Heiligtum gewesen. Als Teenager überspielte er seine Langspielplatten auf Kassetten, um das Vinyl zu schonen, und schrieb ernsthaft die Zeitangaben hinter die Songtitel. Als ob es wichtig gewesen wäre, wie lang ein Stück war. Schreiben hatte er auch als so eine heilige Handlung angesehen, als er selbst noch nicht mit der professionellen Textproduktion beschäftigt gewesen war. Bücher und Zeitschriften war mit Ehrfurcht zu behandeln gewesen. Es war lange nicht in sein Hirn gegangen, dass Gedrucktes nicht automatisch richtig war und Zahlen nicht immer belastbar. Als Kind war er in eine Glaubenskrise gestürzt, als er herausfand, dass seine geliebten Tierbücher unterschiedliche Angaben machen, wie groß ein ausgewachsener Löwe von der Schnauze bis zur Schwanzspitze werden konnte. Welches Buch hatte recht? Das war nicht so einfach wie der Digitaluhrvergleich mit den Klassenkameraden – einer von ihnen stellte seine Uhr jeden Abend nach der Tagesschau.

Das Poe-Buch roch immer noch muffig und nach kaltem Zigarettenrauch. Genau betrachtet war Bücherlesen eine sehr intime Angelegenheit, schon rein physisch, durch die Nähe zu Gesicht, Mund und Nase. Alex fragte sich, ob gebrauchte Bücher Krankheiten übertragen können, Infekte oder Hautkrankheiten, vielleicht, wenn der Vorbesitzer sich vor dem Umblättern den Finger abgeleckt oder sich an den falschen Körperstellen gekratzt hatte.

Wegen Karins Weihnachtsgeschenk war Alex am Dienstagmorgen sehr früh im Institut. Er druckte eine am Computer selbstgebastelte *Tool*[24]-Collage in DIN A 0 über den abteilungseigenen Poster-Laserdrucker. *Tool* war immer noch Karins Lieblingsband, seit Teenagertagen. Wobei Alex sich fragte, was sie als Teenager wohl in diese Musik hinein interpretierte. Zumal Alex selbst die Texte nicht durchschaute – gemeiner Weise waren in den aufwändigen Booklets die Texte nie abgedruckt. Alex hörte immer wieder eigenartige Analsex-Anspielungen heraus, die ihm nicht gefielen. Auch sonst war die Musik bei aller Unwiderstehlichkeit bedrückend körperlich. Das Düstere, Schmerzhafte, Komplexe in dieser Musik kam ihm sehr erwachsen, fast vorzeitig gealtert vor.
Für das Poster hatte er CD-Booklets und Fotos aus Büchern und Zeitschriften eingescannt (ebenfalls mit einem Institutsgerät) und einiges aus dem Internet geladen, etwa das alte *Tool*-Symbol, den Vierkant-Ring-Maul-Schlüssel mit dem doppelten Ring, der sehr nach Phallussymbol aussah. Natürlich war es theoretisch verboten, die Institutsgeräte für private Spielereien zu benutzen, praktisch tat genau das sowieso jeder im Kleinen, etwa beim Fotokopieren. Alex war auch nicht der Erste, der ein privates Poster druckte, da aber das Papier und die Tinte unverschämt teuer waren, wollte er sich tunlichst nicht erwischen lassen. Und schon gar nicht in eine Befragung über die abstrusen und düsteren Bilder verwickelt werden, die auf dem Poster großflächig dargestellt waren. Es ging

---

[24] Maynard James Keenan – Stimme, Adam Jones – Gitarre, Danny Carey – Schlagzeug, Justin Chancellor – Bass (in der Anfangsbesetzung: Paul D'Amour).

viel schwarze Tinte dafür drauf.

Postersessions waren vor Jahrzehnten auf wissenschaftlichen Tagungen eingerichtet worden, um Beiträge aufnehmen zu können, die als Vorträge nicht mehr unterzubringen waren. Als Alex Diplomand war, wurden sie noch mit einzeln gedruckten DIN A 4-Blättern auf farbigem Karton gebastelt – Titel, Einleitung, Diagramme, Gleichungen, Zusammenfassung. Seit Jahren wurden die Poster immer aufwendiger am Computer gestylt und zu Tode verbessert.

Der Drucker stand in Karls Büro, mit dessen Auftauchen war vor neun Uhr auf keinen Fall zu rechnen. Es gab nur das Restrisiko, dass jemand irgend eine dringende Arbeit hatte, früh damit anfing und einen Drucker in Karls Zimmer benutzten wollte. Alex wartete noch fünf Minuten vor dem ausgebreiteten Poster, falls eventuell noch die Farbe trocknen musste, dann rollte er es zusammen und steckte es in eine Papprolle.

Seine Elektronikteile vom Flohmarkt brachte er in sein Geheimlabor, schraubte sie auf und überprüfte sie. Zum Glück war kein Defekt feststellbar. Zur Vorsicht machte er sie sauber, so gut es ging, und sprühte kritische Stellen mit Kontaktspray ein. Die Metallschrauben, die das elektromagnetische Feld stören würden, wurden weggeworfen und durch Klebeband ersetzt. Dann ging's ins richtige Labor, ein paar Sachen sollten dieses Jahr noch durchgemessen werden, die Proben hatte er gestern mühsam präpariert. Der nächste Versuch, durch irgend eine geeignet scheinende Modifikation die ultimative Oberfläche mit allen gewünschten Eigenschaften zu entwickeln. Christoph wollte die Ergebnisse in seine Habilitation einbauen. Sein Projekt wurde aus Sondermitteln gefördert, weil es für die industrielle Anwendung unglaublich relevant sein könnte. Typisch, dass einem mit so einem Schrott das Leben vor dem Jahresende noch einmal schwergemacht wurde. Nachmittags um drei Uhr musste er sich noch beim Weihnachtsempfang blicken lassen, und am Freitag war noch das Jahresabschlusssaubermachen, dass Dunkelfeld angeordnet hatte. Welcher Idiot hatte eigentlich Weihnachten direkt ans Jahresende gelegt, wenn alle möglichen Dinge noch erledigt werden mussten und man sowieso keine Zeit hatte?

Kurz vor Mittag kam eine Email von Karin mit einer reinkopierten Nachricht, offenbar irgendwo im Internet aufgesammelt:

Haftmagnete beeinträchtigen Lebensmittelqualität!

(Reit im Winkl) Wissenschaftler schlagen Alarm: Haftmagnete, wie sie an vielen Kühlschränken zu finden sind, beeinträchtigen die Qualität der darin aufbewahrten Lebensmittel. Das fanden Forscher der Technischen Universität Reit im Winkl heraus. Die Magnete sowie die magnetisierte Kühlschranktür bauen ein magnetisches Feld auf, in dem sich die Kernspins - die magnetischen Momente der Atomkerne - der meisten Spurenelemente ausrichten und diese dadurch unverdaulich werden. Spinpolarisierte Mangan-Ionen beispielsweise können vom Körper kaum aufgenommen werden. Die Folgen sind Mineralstoffmangel bis hin zu Haarausfall und Konzentrationsschwäche. Insbesondere in stark wasserhaltigen Lebensmittel werden so schon innerhalb von zwei bis drei Tagen fast alle Spurenelemente polarisiert.

Die Forscher bezeichnen Haftmagnete als wahrscheinlich schädlicher für die Lebensmittelqualität als die in den letzten Jahren in Verruf geratenen Mikrowellenherde.

Alex mailte kurzer Hand und ohne weitere Erklärung zurück, er habe das schon immer vermutet. Dann ging er ein bisschen Alarm schlagen.

Nach dem Essen kam Karl in sein Büro, was sehr ungewöhnlich war. Er schloss die Tür hinter sich und setzte sich auf Alex' Fensterbank.

»Alex, kennst du irgendeinen in der Abteilung, der mir oder Dunkelfeld ans Bein pinkeln will?«

»Äh... nein, wie kommst du darauf?«

»Weil irgend so ein Sausack letzte Nacht auf unserem Server in geschützten Verzeichnissen herumgepfuscht hat. Nicht irgendein Vandale von außen, sondern jemand, der hier ein paar Internas kennt.«

Alex rutschte das Herz in die Hose. Das konnte nur Karin gewesen sein.

»Nee, keine Ahnung. Was für Interna, was war denn genau?«

»Ein paar Dokumente wurden verändert. Mehr kann ich aus ermittlungstaktischen Gründen nicht sagen, aber das wurmt mich, dass da einer einfach so an meine Verzeichnisse kommt und machen kann, was er will.«

»Keine Ahnung. Das kann ja irgendwie keiner und jeder gewesen sein. Kannst du das zurückverfolgen?«

»Kam von außen. Trotzdem muss das einer sein, den ich kenne, irgendwie.«

Karl blieb noch ein paar Minuten, druckste weiter zäheknirschend herum, ohne Details zu verraten, während Alex versuchte, der unangenehmen Situation so gut wie möglich auszuweichen. Als er endlich gegangen war, überlegte Alex, dass Karl vielleicht ihn in Verdacht habe und die direkte Frage nur gestellt hatte, um Alex' Reaktion zu beobachten. Das wäre gar nicht gut, da ihm der Schreck anzusehen gewesen sein musste. Andererseits war Karin ja angeblich Profi, und letzten Endes konnte er, Alex, ja wirklich nichts für das, was sie wahrscheinlich angerichtet hatte.

Der Weihnachtsempfang für die Institutsmitarbeiter glich exakt denen der vorangegangen Jahre. In der großen

Eingangshalle waren Stehtischchen aufgebaut, es gab dünnes Bier – eine lokale Spezialität –, fade Bockwürstchen mit extrascharfem Senf, Glühwein und Weihnachtsgebäck. Die Kollegen standen grüppchenweise zusammen und unterhielten sich laut.

An einer Stirnwand der Halle gab es ein riesiges Mosaikfenster, das Arbeitergestalten vor verschiedenen Maschinen und Industrieanlagen zeigte. An einer Seitenwand hingen großformatige Ölgemälde mit ähnlichen Motiven und Fabrikansichten. Das Institut war in den dreißiger Jahren des vergangenen Jahrhunderts erbaut worden als Forschungseinrichtung der Gummi verarbeitenden Industrie. Während des Zweiten Weltkriegs wurde intensiv an Autoreifen, Gasmasken und U-Boot-Dichtungen für die Wehrmacht gearbeitet. Aus der Zeit stammten auch die mehrgeschossigen Keller. Raum 101 war zwar zwei Stockwerke unter dem Erdgeschoss, aber nur der zweitniedrigste Keller. Forschung im Bunker wurde damals betrieben, und noch heute wurden in der Umgebung Blindgänger gefunden. Als Stilrichtung für die Kunstwerke hätte Alex angegeben: »faschistischer Realismus«, wenn ihn jemals jemand danach gefragt hätte. Immerhin sah er sie nicht oft, da er gewöhnlich einen Nebeneingang benutzte. An der anderen Wand waren die Büsten der vorherigen Institutsleiter aufgestellt. Professor Platzhalter, der jetzige Leiter, hielt eine seiner Reden, sobald ihm die Halle voll genug erschien. Alex stellte sich vor, wie er in Bronze gegossen die Gesichterreihe erweitern würde. Platzhalter erzählte etwas von dem sicheren Kurs, den das Institut in diesen Zeiten nähme, während Kriege und Wirtschaftskrisen den Planeten erschütterten. Ohne große Überleitung kam er zum Instituts-Jahresrückblick – Alex wollte an vieles nicht gern erinnert werden –, stellte die tatsächlichen und vermeintlichen Leistungen der Abteilungen heraus, legte undetailliert die Finanzsituation dar, bedankte sich bei den Mitarbeitern, nicht ohne einige versteckte Spitzen gegen den Betriebsrat loszulassen – das war er seinem Geschäftsführer und kaufmännischem Leiter schuldig – und kündigte an, was im nächsten Jahr anders und noch besser werden sollte. Das war entschieden der schlimmste Teil der Rede, von »Forschung mit Visionen« war da die Rede. Mit bewusstseinserweiternden Drogen dürfte das leider nichts zu tun gehabt haben. Er redete Müll wie sonst auch, aber immerhin hatte er eine sehr schöne und geübte Sprechstimme. Platzhalter beendete schließlich seine Rede, indem er allen besinnliche Weihnachten und einen guten Rutsch wünschte, und das allgemeine Geschnatter hob wieder an. Alex blieb für einige Minuten bei diesem oder jenem Grüppchen stehen und wechselte ein paar Worte. Meistens war das sehr unbequem, weil die Leute ihre runden Stehtischchen lückenlos umschlossen. Lukas sprach wacker dem Glühwein zu, was Alex ihm herzlich gönnte. Alex musterte verstohlen die Mitarbeiter der Abteilung »Optische Veredelung«, weil er eine der Doktorandinnen im letzten Halbjahr etwas angehimmelt hatte, aber nie richtig mit ihr ins Gespräch gekommen war. Na egal, das hatte sich sowieso erledigt, er hatte in den letzten Wochen überhaupt nicht mehr an sie gedacht.

Platzhalter hatte vor Jahren Graffiti[25] abweisende Beschichtungen für Gebäude, Mauerwerk und Fahrzeugflächen entwickelt oder entwickeln lassen. Die Farbdosenindustrie hatte daraufhin den »Modellierschaum« auf den Markt geworfen, Sprühdosen mit säurehaltigem Schaum, mit dem man in Minutenschnelle Reliefs in Beton ätzen

---

[25] Sammelbegriff für Bilder, zum großen Teil auch nur Schmierereien auf Mauern, Fahrzeugen und Ähnlichem. Verbreitet v.A. der HipHop-Subkultur. Der eigentlich korrekte Singular Graffito wird im Deutschen so gut wie nicht verwendet.

konnte. Daraufhin waren die Prämien für Gebäudeversicherungen in die Höhe geschnellt, ebenso wie die Ausgaben im Gesundheitswesen, da viele Sprayer sich mit der Säure schwere Verletzungen zufügten.

Dunkelfeld war erst mitten während Platzhalters Rede erschienen, hatte sich diese unbewegt angehört und hatte danach den einen oder anderen der älteren Forscher in ein Gespräch verwickelt. Später hörte Alex zufällig, wie er sich von Christoph verabschiedete mit dem Hinweis, noch ein wichtiges Telefonat führen zu müssen. Eigentlich wollte er sich auch grad verdrücken, nachdem er sein Smalltalk-Pensum absolviert hatte, wartete aber zur Sicherheit noch zwei Minuten. Dann brachte er seine Laborarbeit für heute zu Ende. Den Donnerstag würde er noch weiter messen, am Freitagmorgen wollte Christoph die Ergebnisse. Alex schnappte sich seine Posterrolle. Die Abteilung war bis auf Dunkelfelds Büro leer. Er fuhr in die Innenstadt, um ein zweites Weihnachtsgeschenk für Karin zu kaufen. Es war überall brechend voll, besonders in dem Schmuckgeschäft, in dem er zuletzt landete. Offenbar jagte alles nach Geschenken. Dicke Leute in dunklen Mänteln und bunten Schals. Überall Festbeleuchtung und Weihnachtsmarktstände. Nach einigem Hin und Her entschied er sich für ein Paar Ohrringe mit knotenförmigen keltischen Symbolen. Echtes Sterlingsilber. Jetzt nicht über die Oberflächenbehandlung von Silber nachdenken!

Kaum zu Hause angekommen, rief er Karin an, um sie wegen Karls Auftritt zu befragen.

»Sicher war ich das. Mach dir keine Sorgen, das ging über einen gekidnappten Rechner, der in einem Internet-Café in Lahore steht. Absolut sicher.«

»Schon, aber Karl meinte, der Hacker müsste Informationen aus dem Haus haben. Hat du irgendwelche Namen oder Sachen, die ich dir erzählt habe, als Passwörter benutzt?«

»Das war gar nicht nötig. Ich habe Ordner mit Veröffentlichungen, Publikationslisten, Förderanträge und so weiter gefunden, und da habe ich die Lebensläufe von deinen Chef und euerm Administrator ein bisschen näher an die Realität gebracht.«

»Wie bitte?«

»Ein paar Ergänzungen, das enge Verhältnis von Dunkelfeld zu den weiblichen Mitarbeitern und den florierenden Kräuterhandel von Hern Flöhrke. Das weiß doch eh jeder bei euch, hast du gesagt.«

»Ja, und außerdem habe ich gesagt, du sollst die Finger von den Institutsrechnern lassen.« Alex hatte sich außerdem noch darüber Gedanken gemacht, ob Karin, als sie neulich ihren Datenstick[26] an Alex' Privatcomputer anschloss, diesen irgendwie infiziert habe, vielleicht durch Spionageprogramme, die höhere Mächte verdeckt auf Karins Terroristenrechner installiert hatten und die jetzt auf weitere konspirative Computer verschleppt wurden. Er traute sich aber nicht zu fragen.

»Okay, Süßer, ich lass euch in Ruhe, versprochen. Bleibt es eigentlich bei unsere Verabredung heute Abend?«

Später am Abend kam Karin vorbei, um vor der Weihnachtspause noch einmal mit Alex ins Bett zu gehen. Sie hatte eine eiskalte Flasche Markensekt dabei und Lidschatten aufgelegt. Sie beeilten sich, das Schlafzimmer zu verdunkeln und Kerzen aufzustellen, Karin legte eine

---

[26] tragbarer, sehr kleiner Flash-Speicher, der über eine USB-Anschluss mit einem Rechner verbunden wird

Doors[27]-CD auf, während Alex die Flasche öffnete. Nach dem Gläseranstoßen und -austrinken kamen sie umstandslos zur Sache. Das dämmerige Licht, der Duft und der Alkohol taten ihre Wirkung und stimulierten zuverlässig die dazugehörigen Rezeptoren.

Hinterher, als er völlig erschöpft da lag und mit Karin den restlichen Sekt trank, erinnerte er sich an einen ähnlichen Abend, damals im dritten Semester, mit seiner ersten festen Freundin, als er noch im Studentenwohnheim wohnte. Das Wohnheimzimmer war klein, das Bett nur neunzig Zentimeter breit und die Matratze schlecht, aber es war das Goldene Zeitalter gewesen. Die wenigen Monate, die sie damals zusammen waren, hatten sie sich unter anderem eine richtige Wohnung gewünscht, eine breites Bett und als Krönung vielleicht eine Flasche Champagner. Jetzt hatte er das alles, zusammen mit seiner Traumfrau, und es schien irgendwie banaler und ohne den Zauber seiner Erinnerung, als so ein Abend noch völlig neu und aufregend war, naiv und von gewissen Erfahrungen noch nicht belastet. Susanne hatte lange dunkle Haare gehabt und irgendwie ähnlich gerochen wie Karin, nicht gleich, aber ähnlich, und manchmal hatten sie billigen Wein oder auch nur Kakao nachts um halb zwei in der Wohnheimküche getrunken nach einer surrealen nächtlichen Tour mit Alex' Auto durch die Winterlandschaft. Der Wagen war ein Geschenk seines Vaters zum Abitur gewesen. In Susannes Fernseher fand gerade der erste Irak- beziehungsweise Kuwaitkrieg statt, als sie ihren Kakao austranken. Das Kakaopulver gehörte einem anderen Mitbewohner, Susanne hatte es einfach genom-

---

[27] Äußerst drogenorientierte Rockband aus den späten Sechzigern des zwanzigsten Jahrhunderts. Hinterließ einige wirklich große Songs, einige desorientierte Liveaufnahmen und den trügerischen Eindruck, konfuse Songtexte könnten etwas mit Dichtung zu tun haben.

men und gemeint, als Theologe müsste der doch mit den Bedürftigen teilen. Alex war das etwas peinlich gewesen, er hatte aber nicht widersprochen. Wie hatte der Typ noch geheißen, Jörg oder so ähnlich?

»Was denkst du schon wieder?« fragte Karin und reichte ihm das Glas.

»Nichts.« Er nahm das Glas.

»Glaub ich nicht, weil du so skeptisch gekuckt hast.«

»Wenn du's genau wissen willst, habe ich mich daran erinnert, dass es bei den Weihnachtsempfängen im WBI immer nur dieses blöde Bier gibt, nie Sekt. Nicht mal zum Sechzigsten vom Institutsleiter. Große Töne spucken, wie toll wir doch wären, aber vorher den Hausmeister möglichst kostensparend zum Großmarkt schicken. Tütenglühwein und die billigsten Spekulatius. Der übliche Scheiß halt.«

»Stimmt, hast du am Sonntag ja von erzählt. War das heute? So eine Veranstaltung haben wir zum Glück nicht. Nur ein Rundschreiben von der Geschäftsleitung aus Japan und ein Lebkuchenherz mit Firmenlogo. Ich vermutete, es ist in deinem Sinne, das an dieser Stelle nicht weiter auszumalen.«

Da sie beide morgen wieder arbeiten mussten, blieb Karin nicht lange. Als Alex die leere Flasche zum Altglas in die Küche stellte, folgte ihm Karin. Sie warf beinahe eine Teetasse um, die neben der Spüle stand. Alex reagierte etwas säuerlich.

»Süßer, meinst du nicht, du kannst diese Tasse langsam mal wegwerfen?«

»Hm, die ist die letzte ihrer Art, die hat früher meinen Großeltern gehört.«

»Naja, außer den zwei Macken, dem Sprung und dem verblassten Muster ist sie ja noch top in Ordnung.«

»Danke für den Sekt.«

»Richtige Flüchtlinge haben viel weniger Andenken als

du, hängen aber genauso dran.« Was durchaus liebevoll gemeint war. Als sie weg war, sah Alex ein, dass sie wahrscheinlich Recht hatte, sah sich aber weder Willens noch in der Lage, irgendetwas zu ändern.

Alex erwachte am Morgen des vierundzwanzigsten Dezember ungewohnt früh und ausgeschlafen für einen arbeitsfreien Tag. Das musste daran liegen, dass Karin bereits gestern Nachmittag nach Hause gefahren war, und Alex daher früher als sonst und ohne etwas getrunken zu haben ins Bett gekommen war. Er hatte abends seine Tasche für die Weihnachtsfeiertage gepackt, die zum Termin für den einzigen Besuch pro Jahr geworden waren, den er seinen Eltern noch abstattete. Danach hatte er in ein paar Büchern geblättert und in anderen alten Sachen gekramt und war darüber früh müde geworden.

Nachmittags hatte er Karin zum Bahnhof gebracht und ihr seine Geschenke, die große Posterrolle und das Päckchen überreicht. Von ihr hatte er ebenfalls ein Päckchen bekommen mit den Worten: »Aber erst zu Hause unterm Weihnachtsbaum aufmachen!«

Der Abschied war ansonsten unspektakulär, sie würden sich ja am Neunundzwanzigsten wiedersehen.

Alex beschränkte seine Weihnachtsferien bei den Eltern schon seit vielen Jahren auf das Notwendigste. Die Großeltern hätte er jetzt gerne wiedergesehen, aber die lebten ja nicht mehr. Karin traf jedes Jahr ein paar von ihren alten Schulkameraden über Weihnachten, weswegen sie zwei Tage länger wegblieb. Alex hatte das aufgegeben, denjenigen Bekannten, die noch in der alten Heimat lebten, hatte er nichts zu sagen. Vor allem aber wurde er jedes Weihnachten im Elternhaus so träge und defensiv, dass er praktisch zu nichts aufraffen konnte außer zur Abreise. Es war jedes Mal unglaublich ermüdend, ständig Essen vorgesetzt zu bekommen und Fragen beantworten zu müssen.

Über Nacht hatte es aufgeklart, draußen war es hell – für halb neun am Morgen – und wahrscheinlich ziemlich kalt. In der Helligkeit wirkte alles farblos und verblichen. Alex beschloss, nach dem Frühstück ein paar Stunden spazieren zu gehen, sein Zug fuhr erst viel später. Hier herumzusitzen hatte ja doch keinen Zweck, machte ihn nur nervös, und kalt war es auch. Die Heizung lief seit gestern auf niedrigster Stufe, Alex nutzte den lästigen Weihnachtsbesuch, um seinen Kakteen wenigstens ein paar kalte Tage während der Winterruhe zu verschaffen.

Ohne groß darüber nachzudenken, lief er stadtauswärts, durch ein paar Straßen mit Einfamilienhäusern, die hinter schütter gewordenen Gärten lagen, dann an der Schrebergartenkolonie vorbei. In den Gärten waren Tannen und anderes Gewächs, Carports und Balkone mit Lichterketten und Sternen geschmückt. Blinkende Lichtkränze hingen in Fenstern, Schneemänner aus Keramik oder Plastik bewachten die Zugänge zu den Häusern, und ein paar Idioten hatte sich Weihnachtsmannattrappen an den Balkon oder die Dachrinne gehängt, die zirka seit Totensonntag vergeblich versuchten, die Schornsteine zu erreichen – schmale deutsche Öl- oder Gasheizungsschornsteine, durch die nicht mal ein mageres Engelchen gepasst hätte, erst recht keine einsfünfzig große, verquollene Santa-Claus-Puppe. Und der Weihnachtsmann war doch eine Erfindung von Coca-Cola. In den vergangenen Wochen hatte er sich mit Karin zusammen darüber lustig gemacht, wenn sie dergleichen auf ihren nächtlichen Gängen entdeckt hatte. Jetzt im Tageslicht sah der ganze Weihnachtsdeko-Blödsinn nicht mehr so schlimm aus, mehr hilflos und verloren, irgendwie rührend. – Nein, rührend jetzt doch nicht.

Nach den Schrebergärten, die auch schon ihren Teil von Weihnachten abbekommen hatten, kam eine Treppe zu der Brücke herauf, die über das Eisenbahngelände führte, einer von Alex Lieblingsorten. Hierher musste er mit Karin bald wiederkommen, bei ihrem Sinn fürs Morbide (oder wenigstens für Verfall) würde es ihr hier auch gefallen. An einem der Brückenpfeiler hatte jemand gesprayt: »Globalisierungsgegner aller Länder, vereinigt euch!« Nach Süden liefen die vielen Gleise auf zwei oder drei zusammen, vorbei an dem kleinen Autofriedhof. Alex hatte zwei Theorien, warum Autofriedhöfe ihn so faszinierten: Entweder weil hier das Ende der hierher gebrachten Maschinen vorgeführt wurde, gleichsam der Ausblick auf das Ende der Zivilisation; oder weil er als Kleinkind manchmal von seinem Vater auf Ersatzteilsuche dorthin mitgenommen wurde. Vielleicht war das der verloren gegangene magische Moment seiner Kindheit. Nördlich der Brücke standen Reihen von verschiedenen Güterwaggons auf den Abstellgleisen – Kesselwagen, geschlossene kastenförmige, Trichterwagen, leere Containerwagen – dunkelbraun vor Alter und Rost und sich wie Reptilien in der Sonne wärmend. Jenseits des Eisenbahngeländes war unbebautes Land, der Weg führte auf eine parallel zu den Gleisen verlaufende Straße. Alex lief weiter geradeaus auf dem unbefestigten Weg, der im Grunde nur zwei Traktorspuren bestand mit Pfützen an den tiefen Stellen und einem festen, grasigen Streifen in der Mitte, der als Fußweg gut war. Die Pfützen waren noch nicht gefroren, dafür war es noch nicht ganz kalt genug. Das lange tote Gras am Wegrand konnte sich nicht zwischen hellgrau und sehr hellbraun entscheiden. Die Brombeerhecken waren dunkelbraun und verbargen gnädig den Müll, der im Sommer hineingeworfen worden war. Dolden und Disteln, die trocken und grau stehengeblieben waren, faszinierten ihn, eine Mittelding aus Skulptur und Skelett. Mit Reif hätte es kitschig ausgesehen, wie ein Kalenderblatt, so wie es war, wirkte es klar und abgeklärt. In den Schlehensträuchern und Heckenrosen vertrockneten die letzten Beeren. Niemand war außer ihm unterwegs, nicht einmal ein Hund wurde ausgeführt. Es war hell und kalt und alles war weit weg, was ihm das Leben schwermachen konnte. Hier war alles frei und leicht. In den letzten Wochen waren so viele Dinge auf Alex eingestürzt – alles, was er an und mit Karin kennengelernt hatte –, und die Arbeit hatte ihn daneben so viel Kraft und Nerven gekostet, dass er jetzt erst wieder zur Besinnung kam. Er war glücklich über das, was er mit Karin erlebt hatte und noch erleben würde.

Wieder zu Hause angekommen, machte er sich eine große Tasse Tee. Die Tasse in der Hand ging er langsam durch die Wohnung, überprüfte zum fünften Mal Fenster und Heizungen und verabschiedete sich von seinen Kakteen. Er ging zur Sicherheit noch einmal zur Toilette, dann nahm er seine Tasche und ging zur Straßenbahn.

Da immer noch Zeit war, fuhr er zwei Stationen am Hauptbahnhof vorbei, um noch einmal über den Weihnachtsmarkt zu laufen, nicht um etwas zu kaufen, sondern nur zum Ansehen. Zu seiner Überraschung war dort nichts mehr los, außer dass die Holzbuden, Getränkewagen und Karussells abgebaut wurden. An den Schildern konnte er noch einige Stände wiederkennen. Es war Heiligabend, viertel nach zwölf am Mittag, in den Geschäften traten sich die Leute noch auf die Füße vor Vollheit. Hier war bereits Schluss. Alex hatte angenommen, auf dem Weihnachtsmarkt würde bis zum Nachmittag verkauft und dann abgeschlossen, abgebaut würde dann nach Weihnachten. Tatsächlich waren einen halben Tag vor der Bescherung die letzten Lebkuchen und Christbaumkugeln längst weggepackt, die Holzkohlengrills und Karussellpferde abgebaut, die Glühweinkessel geputzt. Arbeitstrupps der Stadtwerke bauten Wasser- und Stromanschlüsse zurück. Auch hier war alles hell und klar, aber die Verwüstung der letzten Wochen waren unübersehbar. An einer Bude wurden Schilder mit verschnörkelter Schrift abmontiert, »Dampfnudeln und Feigwarzen« las Alex zuerst, stellte aber beim genauen Hinsehen fest, dass es »Dampfnudeln und Teigwaren« hieß.

Sein Weg wurde verstellt durch einen Anhänger, auf den die Holzwände eines Verkaufsstandes verladen wurden. Alex fragte sich, ob die Männer, die sich damit abmühten, heute Abend mit ihren Familien unterm Baum säßen oder in einer der wenigen dann noch offenen Kneipen sich betränken.

Auf dem Bahnhof war noch reger Betrieb. Noch eine Viertelstunde, dann fuhr sein Zug.

Karin hatte Alex vier CDs von *Tom Waits*[28] geschenkt. Alex hatte Karins Päckchen spät am Heiligabend geöffnet, als er endlich allein in seinem alten Kinderzimmer war. Er war ein bisschen enttäuscht, nicht nur, weil ihm drei Tage lang kein CD-Player zur Verfügung stand, jedenfalls keiner, den er ungestört benutzen konnte. Es waren selbstgebrannte Kopien mit gescannten und in Farbe ausgedruckten Kopien der Originalcover: »Swordfishtrombones«, »Rain Dogs«, »Frank's Wild Years« und »Bone Machine«. Letzteres war ein Songtitel vom ersten *Pixies*-Album. Ziemlich schwach von einem etablierten Musiker, sich von anderen, jüngeren einen Titel zu klauen. Tom Waits machte sowieso eher Jazz, soweit er wusste. Ein Kontrabass war noch okay, ein Klavier zur Not auch, aber Blasinstrumente, das war der Feind! Eigentlich

---

[28] Thomas Alan Waits * 7. Dezember 1946, Pomona, Kalifornien. Amerikanischer Musiker, Songschreiber, Sänger und Schauspieler. Nach über zehnjähriger Karriere erfand er sich und seinen Stil neu (ab »Swordfishtrombones« (1983)). Solche Quantensprünge an Qualität und Originalität (aufwärts!) sind in der Popularmusik äußerst ungewöhnlich.

sollte klar sein, was der Unterschied zwischen einer schwingenden Saite und einer schwingenden Luftsäule war. Erstere war ein Stück Draht, welches das Zurückgeworfensein auf die Materie verkörperte, das, wenn man es benutzen wollte, um sein Elend zu transzendieren, einem beim Spielen in die Finger schnitt, anstatt sich wehrlos dem fremden Willen zu unterwerfen. Letztere war eben nur Gebläse, nur heiße Luft. Na gut, Ausnahmen bestätigen vielleicht die Regel. Überhaupt Jazz, meistens zu viele Leute, die noch dazu viel zu gut ausgebildet waren, zu teure Ausrüstung, und wenn es eine Gitarre gab, dann klang sie so dumpf, als ob der Gitarrist Handschuhe trüge. Und vor Allem zu viele Soli – und trotzdem war Jazz keine Einzelkämpferdisziplin in dem Sinne, wie Rockmusik eine war. Alex war früher ein paar Mal in Jazzkneipen gewesen, wenn sich die örtlichen Jazzer auf der open stage gegenseitig etwas vormachten – esoterische Kreise, die man nicht stören sollte.

Aber da Karin sie mitgebracht hatte, hörte er sie natürlich an, als er endlich wieder zu Hause war, und sei es nur zum Auspacken der Reisetasche und zum Geschirrspülen. Er hatte über Weihnachten zweimal übers Händi mit ihr telefoniert und ihr mehrere SMS geschickt und sich artig bedankt. Karin war enttäuscht, dass er sie noch nicht gehört hatte, aber auch begeistert von seinen Geschenken. Alex sei verrückt, so viel Geld auszugeben.

Er fing mit »Frank's Wild Years« an und bekam tatsächlich eine Breitseite Bläser ab, Saxophon oder Posaune oder was auch immer. Töne sprangen dazwischen, deren Herkunft schwer nachzuvollziehen war. Aber bei aller Fremdheit hörte er aus den ruhelosen Rhythmen und aus dieser Stimme zwischen Krächzen und Bellen eine gehörige Portion gesunden Irrsinns heraus, die ihn weiter zuhören ließ. Dabei wurde ihm klar, dass er gerade anfing, ein bisher völlig unbekanntes Paralleluniversum zu entdecken. Die nächsten drei Stunden erweiterten sein Weltbild entscheidend. Wie hatte ihm das bis jetzt entgehen können? Allein für diese Musik hätte es sich schon gelohnt, Karin kennengelernt zu haben. Bei diesem Gedanken erschrak er. Erwartete er nichts mehr von ihr? War ihm Musik und seine persönliche Horizonterweiterung wichtiger? Oder hatte er den Trennungsgedanken aus einigen *Waits*-Songs unbewusst übernommen, sich mit dem Gefühl von Verlassenheit identifiziert und dem selbstgewählten Außenseitertum?

Jazz kam in dieser neuen Welt vor, aber noch hundert andere Dinge waren sorgfältig in dieses Chaos eingearbeitet: Blues, Polka, Kirmesmusik, Country, was auch immer. Und diese Sehnsucht, die Weite und Tiefe, die existentielle Unruhe, die ihm bei ganz anderer, aber irgendwie geistesverwandter Musik aufgefallen war – Alternative Rock mit eingesickerten Country-Einflüssen. Zu Hören bei etlichen seiner Helden, den *Violent Femmes*, *the Gun Club*, *Green on Red*, *Walkabouts*, *Giant Sand*, *Cowboy Junkies*, *Throwing Muses*, *Dream Syndicate*, *the Replacements*, den *Two Gallants* in jüngster Vergangenheit. Einsame Wölfe, die mit einem Zusammenprall von Metaphysischem und nacktem Existentialismus fertig werden mussten, vom Schicksal gebeutelt. Erschütternd war immer wieder, wie ungnädig Amerika mit seinen besten Talenten umsprang, wenn sie sich der allgemeinen Anpassung und dem Zwangsoptimismus verweigerten und gar Kritik an Land und Mitbürgern äußerten, und welche Verletztheit und welchen Zynismus sie dann entwickelten. Oder sich in Suff und Drogen flüchteten. Und bewundernswert, was an echten Gefühl und Tiefe dann oft noch übrig geblieben war. Tom Waits plünderte in vielen anderen Stilrichtungen mehr als im Country, aber ganz bestimmt gab es eine Verbindung.

Nicht, dass diese Kombination von Country und Rock

abseits des Mainstream automatisch gut war, Neil Young etwa, der war konsensgemäß gut und der godfather of grunge. Nur leider auf langweilige Art pathetisch. Oder auf pathetische Art langweilig. Im Gegensatz dazu war Tom Waits zwischen den ganzen Ecken und Kanten auch noch zum Heulen komisch.

Country war für die Leute, mit denen Alex bisher über Musik gesprochen hatte, auch wenn er sich sonst mit ihnen gut verstanden hatte, ungefähr so attraktiv wie Fußpilz. Wenn er das Countryregal eines Plattenladens nach Townes Van Zandt durchsuchte, schaute er sich verstohlen um, ob ihn niemand beobachtete. Zu schmalzig, zu theatralisch, zu altbacken, zu unintellektuell – was für Fehleinschätzungen, was für Kriterien, die am Wesentlichen vorbeigingen. Nur weil die große Masse kommerzieller Countrymusik wirklich grottenschlecht war, musste ja nicht alles Artverwandte schlecht sein. Zu amerikanisch – das eben war es. Zu viel Weite, zu viel Pioniergeist, zu viel Freiheit bei zu viel Heimweh. Der Dualismus von Freiheit und Einsamkeit und die ewige Suche nach der Synthese. Was seine Helden verband, war die Suche, die Suche nach einen Neuen Amerika[29]. Was eben unüberhörbar vom Alten ausging, viel vom Alten mitschleppte. Denn das alte Amerika war verloren. Amerika war fest in der Hand der Gläubigen.

Am nächsten Tag fuhr Alex ins Institut, um die freien Tage zu nutzen, an denen er weder arbeiten musste noch Karin da war, um seine Zeitmaschine endlich fertig zu bauen. Von großem Vorteil war auch, dass außer ihm kaum jemand dort sein würde. Der Joystick musste noch an den Computer angeschlossen werden und das Steuerungsprogramm zu Ende geschrieben und getestet wer-

---

[29] Vgl. Offenbarung 21, 1-2

den. Zwischen Weihnachten und Neujahr war am WBI traditionell arbeitsfrei. Sogar die Internetserver waren heruntergefahren, damit kein Hacker die lange unbewachte Zeit ausnutzen konnte.

In seinem »richtigen« Labor überprüfte Alex die Apparaturen. Die Vakuummessröhren brauchten nach fast einer Woche Stillstand sehr lange, bis sie wieder vernünftige Werte anzeigten. Alles lief friedlich und störungsfrei. Er mochte die Räumlichkeiten und die Geräte, das unaufhörliche Motorengeräusch und den Geruch nach angekokeltem Öl immer noch nicht, aber wenn die Maschinen einsam und im Halbdunkel vor sich hinliefen, sahen sie fast heimatlich aus.

Alex werkelte und programmierte stundenlang vor sich hin. Vom Steuerprogramm hatte er nur das Gerüst geschrieben und die mühselige Ansteuerung der Schnittstellen verschoben. Das musste erst einmal nachgeholt werden, bevor etwas weitergehen konnte. Gern hätte er bei seiner Arbeit Musik gehört, er hatte daran gedacht, den tragbaren CD-Player aus dem Schlafzimmer mitzunehmen. Er durfte jedoch nicht laut werden, da jederzeit Professor Dunkelfeld oder der Hausmeister auf Kontrollgang, eventuell auch einer seiner Kollegen auftauchen konnte. Dann hätte keine Ausrede mehr geholfen. Ein Blick in den Raum reichte, um zu sehen, dass hier etwas sehr weit außerhalb der üblichen Ordnung stattfand.

Die Zeitmaschine bestand aus einem hölzernen Stuhl zwischen vier großen Induktionsspulen aus Holz und Kupferdraht. Da das Magnetfeld nicht bis zu Boden reichte, würde er im Schneidersitz darauf sitzen müssen, den Joystick und die Zeitanzeige auf den Knien. Das Display mit der Raumzeitkrümmungsanzeige war mit Isolierband an die Stuhllehne geklebt. Wer zur Tür hereinkam, musste aufpassen, um nicht über die Trafos oder die Kabel zu stolpern.

Als es draußen dämmerte, fingen die Halbstarken an, Böller zündend durch die Straßen zu ziehen – jedes Jahr derselbe Mist! Gegen halb sechs fuhr Alex müde und hungrig nach Hause. Morgen musste er das Steuerprogramm testen, das heißt, es mit abgeschalteten Spulen laufen lassen, die Steuerspannungen mit einen Speicheroszilloskop aufnehmen, das er aus seinem »richtigen« Labor holen würde. Und das musste er solange wiederholen, bis er alle Programmierfehler gefunden und korrigiert hatte.

Alex öffnete später am Abend eine Flasche Wein, legte seine Lieblings-CD von Nick Cave ein –   »The Good Son« – und zog die Kopfhörer über. Dann schaltete er das Licht aus und stellte sich ans Fenster, das volle Glas in der Hand und die Flasche in Reichweite, und betrachtete die Fenster der gegenüberliegenden Häuser. Hier und da brannte noch ein Weihnachtsbaum, in den meisten Wohnungen liefen Fernseher. Manchmal stand jemand auf und ging durch ein Zimmer. Es war wie ein Film, er hörte kein Geräusch außer der Musik direkt in den Ohren, der Wein fing an, sein Bewusstsein aufzuweiten. Auf einem Fensterbrett im Haus gegenüber stand ein großer runder Gegenstand, schwarz gegen das schwach erleuchtete Zimmer dahinter. War das vielleicht die Katze, die im Sommer außen über die Fensterbretter lief? Es war das richtige Haus und der richtige Stock und sehr wahrscheinlich die richtige Wohnung. Die Katze saß regungslos, wahrscheinlich beobachtete auch sie die Straße. Oder war das keine Katze, sondern ein großer Kugelkaktus? Oder eine Vase? Alex konnte sich nicht erinnern, so etwas jemals da drüben gesehen zu haben. Hatte sich die Katze jetzt etwas bewegt? Alex war sich nicht sicher, vielleicht täuschte ihm der Wein das nur vor. Langsam kam er innerlich ins Schwanken und die CD war beim letzten Lied, das ihm ohnehin nicht besonders gefiel.

Er zog sich ins Zimmer zurück und versuchte, Karin anzurufen. Karin ging es gut, aber sie wollte erst an Neujahr zurückkommen, weil sie zu einer Silvesterparty eingeladen worden war. Alex wollte sie einerseits gern wiedersehen, andererseits war er froh, dass sie nicht zusammen Silvester feiern mussten. Er hatte keine Ahnung, was bis in den frühen Morgen zu feiern war, wenn sich eine Zahl auf dem Kalender änderte. Viel zu viel trinken, mit viel zu vielen Menschen zusammen zu sein und viel zu spät ins Bett kommen war einfach zu anstrengend. Obwohl sie noch kein Wort darüber verloren hatten, was sie an Silvester unternehmen sollten. Ins Kino zu gehen oder auf ein Konzert, wenn es denn eines gegeben hätte, wäre wohl nicht das Richtige gewesen. Alex wäre mehr als zufrieden damit gewesen, mit Karin allein zu bleiben, ein oder zwei Flaschen Wein zu trinken, Musik zu hören und zu reden und miteinander ins Bett zu gehen. Ein ganz normales Programm für einen Abend, wenn man am Morgen nicht früh aufstehen musste, auch wenn die Reihenfolge immer wieder variierte. Vermutlich fing es an, Karin zu langweilen.

Alex fühlte sich todmüde, morgen musste er unbedingt einkaufen und dann ins Institut und weiterarbeiten. Offenbar war diese gehetzte Arbeit anstrengender als gedacht, aber jetzt hatte er ja ein paar Tage mehr Zeit. Und allein Rotwein trinken machte depressiv.

Die vermeintliche Katze war tatsächlich eine Vase gewesen, denn die richtige Katze saß in einem anderen Fenster und blickte erstaunt zu ihm herüber. Alex stand mit einer Tasse Tee im Fenster, es war Mittag und einigermaßen hell.

Karin hatte erzählt, dass sie sich programmgemäß mit ihren Eltern gestritten hatte, trotzdem wollten ihre Eltern, dass sie noch länger bliebe. Von Alex hatte sie ihnen noch nichts erzählt. Das war ihm eigentlich recht so. Zwei von ihren Schulfreunden planten eine Party, zu der sie eingeladen sei. Karin hatte ungewöhnlich gut gelaunt gewirkt und mindestens zweimal unaufgefordert gesagt, dass sie ihn liebe.

Offenbar war er nicht sehr konzentriert gewesen bei seinen Bastelarbeiten vor Weihnachten, an den Schaltungen war viel zu verbessern und zu reparieren. Alex hatte das große Speicheroszilloskop geholt, um die Output-Signale zu überprüfen, die die Trafos ansteuern und die Induktionsspulen versorgen sollten. Er fand einen Fehler nach dem anderen in seinen Versuchsaufbauten, Tippfehler in den Programmen, Stecker, die nicht fest saßen, Lötstellen, die nicht richtig hielten, so dass er nach und nach alles an Aufbauten und Software durchgehen musste. Was so passierte, wenn man sich über Gebühr beeilte, mit den Gedanken woanders war und überdies noch ein schlechtes Gewissen hatte, weil man gerade das Eigentum seines Arbeitgebers zweckentfremdete und seiner Freundin etwas verheimlichte. Bis auf das Beeilen nichts, was man bei einer großen Erfindung vermuten sollte. Hoffentlich waren wenigstens die Spulen anständig gewickelt. Alex erkannte seine Arbeit wie nach einem Abstand von Jahren wieder, wie alte Schulhefte, bei denen es einem peinlich war, wie umständlich und naiv man früher gewesen war und was für blöde Fehler man gemacht hatte. Und das, nachdem er sich auf seine Lötkünste und sein Improvisationstalent so viel eingebildet hatte.

Am Silvesternachmittag schließlich war endlich alles fertig: Das Steuerprogramm war getestet und endlich fehlerfrei, alle Geräte funktionierten, jedenfalls im Trockentest. Alex schloss die Kellertür hinter sich ab und trug das Speicheroszilloskop nach oben in sein Labor zurück. Das

Rack, in das er es zurück einbaute, war reichlich staubig. Alex wusch sich die Hände im Mikroskopraum – auf den Toiletten gab es nur kaltes Wasser –, als die Tür aufging und Professor Dunkelfeld erschien.

»Na, Alex, was machst du denn hier? Noch nicht unterwegs zum Feiern?«

»Nee, ich dachte, ich kucke zwischendurch mal, ob hier im Labor alles noch okay ist. Eine von den Vakuumpumpen machte vor Weihnachten komische Geräusche. Ist aber alles in Ordnung.«

»Ich wollte nur eben ein paar Bücher holen, da habe ich hier was gehört. Hab mir schon gedacht, dass es einer von euch ist.«

Dunkelfeld fing an, ihn auszufragen, wie es Weihnachten zu Hause gewesen war. Alex erzählte Unverbindliches und frei Erfundenes und überlegte sich gleichzeitig, dass er einen erheblichen Teil des Abend in der Badewanne verbringen könnte. Dunkelfeld wollte entweder unterhalten sein oder den Leutseligen spielen, dabei wirkte er halb abwesend. Er sog genießerisch an seiner Zigarre, und tippte zwischendurch auf seinem PDA[30] oder einem ähnlichem elektronischen Spielzeug herum. Alex fand es plötzlich eigenartig, einen älteren Mann mit wesentlich jüngerer Technik hantieren zu sehen und dann so selbstverständlich. Es war irgendwie obszön und ein kleines bisschen rührend. Eines Tages würde er endgültig zu alt dafür sein. Dirty old man. Seine Studenten, die sich schneller in die Technik hineinfanden, konnten sich so teures Spielzeug normalerweise nicht leisten.

Schließlich verabschiedete sich Alex mit dem vorgeschobenen Hinweis auf eine Silvesterparty. In sechsund-

---

[30] Personal Digital Assistant, Kleinstcomputer, wurde vor allem als Notizbuch, Kalender und Organisationshilfe genutzt. Durch dem Aufkommen der Smartphones obsolet geworden.

dreißig Stunden würden sie ohnehin wieder im diesem Gebäude sein. Wahrscheinlich würde Dunkelfeld jetzt zu spät zum Karpfenessen nach Hause kommen und seiner Frau erzählen, er sei von Dr. Girlitz noch unerwartet aufgehalten worden.

Kaum war er wieder zu Hause, rief Karin an, nur so zum Reden und um ihm zu sagen, mit welchem Zug sie morgen zurück käme. Ihr letztes Gespräch in diesem Jahr, immerhin. Alex aß sein Abendbrot und legte sich für eine Dreiviertel Stunde in die Badewanne. Ab und zu hörte man verfrühte Böller und Raketen krachen und zischen, einige warfen sogar kurz Licht durchs Badezimmerfenster. Dabei war es gerade erst neun Uhr.

Alex fühlte sich schwer und müde nach dem Bad und wäre am liebsten ins Bett gegangen. Er öffnete jetzt schon seine Flasche Prosecco, in der Hoffnung, sie möge seinen Kreislauf anschieben. Sein Großvater hatte so etwas immer gesagt, der Sekt – er trank immer grauenhaft süßen – sei gut für seinen Kreislauf. Oder nein, der war fürs Herz. Zu spät, die Flasche war schon offen. Alex legte sich bäuchlings aufs Bett und blätterte seinen geliebten Kakteen-Bildband durch. Danach griff er nach dem Kakteenlexikon im Regal neben seinem Bett.

Alex hatte das Kakteenlexikon – *Enumeratio diagnostica Cactacearum* – von Curt Backeberg in der zweiten Auflage von 1970 für zwanzig Mark in einem Antiquariat in Radevormwald entdeckt. Ein altes DDR-Fachbuch, VEB Gustav Fischer Verlag, Jena, ein echtes Schnäppchen. Als Lesezeichen eines Vorbesitzer stecke noch ein Losabschnitt der Lotterie »Der Große Preis«[31] darin, abgestempelt im Jahr 1977. Was weckte der für Kindheitserinnerungen an Fernsehabende mit den Eltern oder den Großeltern. In der Rückschau war es unglaublich, wie naiv und harmlos das öffentlich-rechtliche Fernsehen vor dreißig Jahren gewesen war. Höchstwahrscheinlich war mit dem Los nichts gewonnen worden, sonst wäre es ja nicht als Lesezeichen benutzt worden. Keine Ahnung, was die Großeltern mit einem Gewinn gemacht hätten. Jedenfalls kein Gewächshaus für Kakteen gebaut. Eine zweiter Zettel schien ein halbierter Parkberechtigungsschein für einen Firmenparkplatz zu sein, ungefähr genauso alt. Alex hatte damals nach dem Kauf des Buches die Lesezeichen angesehen und wegen ihres Alters nicht weggeworfen, nur auf seine Lieblingskakteen umgesteckt: die Gattungen *Astrophytum* und *Leuchtenbergia*. Zeugen eines verlorenen Zeitalters: Ein braver Bürger, der Kakteen züchtete, mit dem Auto zu seinem soliden, wohl geordneten Arbeitsplatz fuhr und Donnerstag abends »Der große Preis« kuckte und auf einen großen Geldgewinn hoffte. Später hatte Alex die Zettel nicht mehr wahrgenommen, obwohl er oft in dem Buch las.

Backebergs Gattungseinteilungen waren heute nicht mehr in allen Einzelheiten anerkannt, die Aufspaltungen von *Espostoa* in *Espostoa* und *Pseudoespostoa*, von *No-*

---

[31] »Der große Preis« war eine Fernseh-Quizshow im Zweiten Deutschen Fernsehen von 1974 bis 2003 mit den Untertitel »Das heitere Spiel für gescheite Leute« und bis ca. Mitte der 1980er Jahre, das heißt, vor dem Privatfernsehen, sehr populär. Showmaster war von 1974 bis 1993 Wim Thoelke (* 9. Mai 1927, Mülheim an der Ruhr, † 26. November 1995, Niedernhausen bei Wiesbaden). Drei Kandidaten hatten Fragen aus ihrem selbstgewählten Fachgebiet zu beantworten. Zuschauer konnten Lotterielose kaufen, die Lotterie unterstützte die »Aktion Sorgenkind« (zugunsten Behinderter, später in »Aktion Mensch« umbenannt aus Gründen der political correctness).

tocactus in *Notocactus* und *Eriocactus* zum Beispiel. In der neueren Literatur fanden sich auch oft andere Gattungsnamen. Backeberg hatte recht, trennte man diese Gattungen nicht, müsste man auch *Trichocereus*, *Echinocactus*, *Lobivia* und *Pseudolobivia* zu einer Riesengattung zusammenfassen. Alex zog sehr subjektiv die Backebergschen Einteilungen vor. Seine altmodische, etwas gespreizte Sprache, mit der er seine Systematisierung in Kleingattungen verteidigte, besaß eine erfrischende Direktheit, die heutzutage kaum noch zu finden war, schon gar nicht außerhalb der Botanik. Dann das selbstverständliche Hantieren mit Artennamen wie *Gymnocalycium schickendantzii* oder *Mamillaria erectohamata*! Bei all der Klarheit noch diese subtile Mischung aus Ironie und Verbeugung vor der Historie. Es hatte etwas sehr Beruhigendes, einen beliebigen Absatz zu lesen, deshalb lag das Buch ständig griffbereit neben Alex' Bett.

Sehr lesenswert fand er auch Backebergs populärwissenschaftliches Buch »Wunderwelt Kakteen«, größtenteils eine altväterlich-charmante Plauderei über die Opferrituale der Azteken, die Wiedergabe von Beschreibungen von Peyote-Rauschzuständen und die Kulturgeschichte der Kakteen überhaupt, dazu Anekdoten von Kakteensammlern im Stile von Abenteuerromanen, wie sie vor Jahrzehnten zur Erbauung der Jugend geschrieben wurden. Besonders schön war das Foto einer als Weihnachtsbaum geschmückten Kakteensäule mit Kinderspielzeug aus den dreißiger oder vierziger Jahren als Geschenke, darunter eine Negerpuppe und eine Mickey Mouse-Figur. Fast noch schöner Backebergs Versuch mit Kakteenstacheln als Grammophonnadeln, die so »zart und leise« spielten.

Alex liebte die schwarzweißen und die braunstichigen farbigen Fotos in den Büchern, am allermeisten die, auf denen ein Mensch zum Größenvergleich neben einem

Kaktus am Naturstandort stand. Alex malte sich aus, dass der Mann mit dem Hut ein weit gereister Kakteenforscher und Entdecker war, und hätte gern mit ihm getauscht. Was für Gegenden, in denen man die Sonne nicht ohne Hut ertragen konnte! Was für Zeiten, als ehrbare Forscher noch wie Abenteurer durch die Welt zogen – ohne Unmengen von Ausrüstung mitzuschleppen, ohne Drogenkartellen und Paramilitärs Schutzgeld zahlen zu müssen.

Wunderbar fand er auch die Übersichtstafeln wie den »Stachelschlüssel von *Echinofossulocactus*« oder die »Tafel der *Frailea*-Samenformen«. Als Zeichnungen waren sie wahrscheinlich noch schöner als ein Schaukasten im Naturkundemuseum – vor dem keine Besuchertraube gestanden hätte – , da sie einen entscheidenden Schritt weiter in der Abstraktion waren. Konnte er weiter weg sein von allem, was ihm auf die Nerven ging?

Das Klingeln des Händis riss ihn aus seinen Träumen. Draußen tobte massiertes Feuer aller möglichen panzerbrechenden Blendgranaten und Flugabwehrraketen, als wollten Außerirdische landen und die Weltherrschaft übernehmen. Dabei wollte ihm Karin nur ein Frohes Neues Jahr wünschen. Im Hintergrund hörte er Lachen, Rufen und noch mehr Feuerwerk.

»Danke«, erwiderte er. »Dir auch alles Gutes fürs Neue Jahr. Wie ist die Party? Bleib schön sauber.«

»Die Party ist ganz okay. Was soll denn sauber bleiben heißen, mein Süßer? Was hast du denn den ganzen Abend gemacht?«

»Nichts. Kakteenbücher gelesen und eine Flasche Wein getrunken.«

»Bist du ein bisschen down? Wegen mir?«

»Wieso? Mir geht sehr gut, ich bin nur ein bisschen müde.«

»Was hast du denn die ganze Woche über gemacht?«

»Äh – auch nichts. Wahrscheinlich bin ich davon so

müde. Hab mir ein paar alte Physikbücher angesehen.«

»Wird Zeit, dass ich zurückkomme?«

»Ja. Ich hol dich morgen vom Zug ab.«

»Ja, bis dann. Mach dir noch einen schönen Abend.«

»Du dir auch. Tschüss, bis morgen.«

»Tschüss. Ich hab dich lieb.«

Draußen krachte und zischte es noch heftig und das würde auch noch mindestens eine halbe Stunde so weitergehen. Alex öffnete eine neue Flasche Wein und blätterte weiter durch seine Kakteenbücher, konnte sich aber nicht mehr richtig darauf konzentrieren. Gegen ein Uhr gab er auf, ihm war schwindelig, und er hatte Kopfschmerzen. Ihm war nach frischer Luft, also zog er seinen Mantel an und lief nach draußen. Der dünne Nebel schmeckte nach Pulverdampf, aber die Kälte und der Sauerstoff taten gut. Überall lagen Reste von Feuerwerk und leere Flaschen herum, Glasscherben, geplatzte Böller, ausgebrannte Raketen. Irgendwo knallte es immer noch ganz vereinzelt. Zum Glück begegnete ihm niemand mehr, nur hinter den Fenstern einiger Wohnungen und Häuser sah und hörte man Leute feiern. Alex luzide Wahrnehmungen wurden langsam schmerzhaft überdeutlich und dann eher verschwommen, außerdem merkte er, dass sein Gang nicht ganz gerade war. Er hatte zu viel getrunken, fiel ihm ein, und falls er jetzt betrunkenen Streitsüchtigen begegnete, die Lust auf eine Prügelei hätten oder ihn mit Kanonenschlägen bewarfen, hätte er schlechte Karten. Er könnte nicht mal richtig weglaufen. Alex sah zu, dass er nach Hause kam. Er trank eine halbe Flasche Wasser, leerte seine Blase und ging ins Bett.

Karin war leichenblass, also noch etwas blasser als sonst, aber sehr lebendig, als sie nachmittags um halb fünf aus dem Zug kletterte.

Alex hatte geschlafen, bis ihn das Mittagslicht geweckt

hatte. Eine Kanne Tee hatte nicht ausgereicht, um Magen und Kopf zu beruhigen. Er war auf den fast schon perversen Gedanken gekommen, in diesem Zustand sein Buch über theoretische Elektrodynamik aus dem Regal zu holen und bei einer weiteren Kanne Tee über Vierervektoren und Transformationen im Raum-Zeit-Kontinuum zu brüten. Tatsächlich hatte ihn die vierdimensionale Geometrie bald vollständig absorbiert. Eingedenk eines Ausspruchs einer seiner Professoren an der Uni: »Lesen ohne Papier und Bleistift ist Tagträumerei!« hatte er sich wichtige Formeln herausgeschrieben, Skizzen kopiert, in denen er weiter herum gemalt hatte, und versucht, verschiedene Rechenschritte im Detail nachzuvollziehen, wobei er Anfangs große Mühe gehabt hatte, sich zu konzentrieren. Irgendwann war alles wie von allein weitergelaufen. Die Gitternetzskizzen, die die gekrümmte Raum-Zeit veranschaulichten, waren plastisch, warm und real geworden. Er würde unbedingt bald seine Zeitmaschine starten müssen. Als erste Probe würde er eine halbe Stunde überspringen, dann einen ganzen Tag. Dazu müsste er entweder Urlaub nehmen oder einen Tag am Wochenende überspringen. Dann allerdings müsste er Karin gegenüber eine Erklärung für den fehlenden Tag finden. Seine Laune war wieder schlechter geworden. Karin! Er hatte sie total vergessen und sich beeilen müssen, um sie vom Zug abzuholen.

In der Straßenbahn waren die Übelkeit und die Kopfschmerzen wiedergekommen. Er hätte vorher etwas Richtiges essen sollen. Die Bürgersteige waren noch voller Müll wie in der Nacht gewesen. Und morgen würde er wieder ins Institut müssen. Der Tag war grau und kalt, der Bahnhof so hässlich, groß und schmutzig wie immer. Wenigstens war der Zug pünktlich.

Karin umarmte und küsste ihn.

»Tut gut, dich wiederzusehen. Du siehst aber auch ein

bisschen fertig aus – alles in Ordnung?«

»Jaja, ich hab nur gestern zu viel Wein getrunken. Hat dir dein Weihnachtsgeschenk gefallen?«

Alex nahm zwei von Karins vielen Taschen und setze sich langsam in Richtung Bahnsteigtreppe in Bewegung.

»Super. Aber die Ohrringe waren doch garantiert viel zu teuer, du bist echt verrückt. Das Poster ist auch klasse.«

»Danke auch für die CDs. Das war eine echte Überraschung, ich kannte fast noch gar nichts von Tom Waits.«

»Hatte ich mir doch gedacht, dass das was für dich ist. Die Dunja aus meiner alten Klasse, die auch auf der Party war, steht total auf Tom Waits.«

»Wie war denn überhaupt die Party?«

»Ganz witzig. Ich hab mal wieder mit alten Bekannten gesprochen, die ich sonst nicht mehr sehe. Die machen jetzt entweder einen auf Karriere oder auf Familie, kriegen Kinder und wollen Häuser bauen. Dementsprechend war die Musik scheiße und zu trinken gab's dauernd so fiese Cocktails, mir platzt jetzt noch der Schädel. Unser altes Mathe-Genie, Nicolas, promoviert auch grade in Physik, irgendwas über optische Halbleiter, danach will er nach Stanford oder Harvard.«

»Soso.« Alex wurde mittlerweile nicht mal mehr neidisch, wenn er solche Erfolgsgeschichten hörte. Er hatte kein Verständnis mehr dafür, großen Ehrgeiz zu entwickeln, um irgendwo an einer der ersten Adressen zu arbeiten. Unendlich viel Stress für relativ viel Geld und Ehre und um ein paar elektronische Bauteile noch etwas schneller zu machen. Andere opferten sich, um die Bruchstücke der Bestandteile der Grundbausteine der Materie nachzuweisen. Streber für die Industrie oder hochgezüchtete abstrakte akademische Fragen. Alex war wohl ein hoffnungsloser Nostalgiker, ein Romantiker der Wissenschaft, was auch kein guter Ausgangspunkt für ein glückliches Leben war. Für die Menschheit, für die Wissenschaft wäre so jemand vielleicht ganz gesund, nur für sich selbst nicht. Aber Karin konnte ja nichts dafür, sie wollte sich bloß unterhalten.

»Tja, nach Amerika wollten wir im ersten Semester alle. Aber es gibt ja noch was anderes im Leben als Physik.«

»Zum Beispiel? Silvester zu Hause hocken?«

»Das ist auch eine Art Luxus. Die wenigsten können sich das leisten.«

Karin küsste ihn von der Seite. Sie fuhren in Karins Wohnung. Während Karin ihre Tasche auspackte und sich frisch machte, ging Alex zum chinesischen Imbiss zwei Straßenecken weiter, um etwas zum Abendessen zu holen – Ente mit Bambus scharf für Karin, Chop Suey mit Tofu für ihn, ihre Standardkombination. Alex überlegte, dass das scharfe Essen sie wiederbeleben würde, als er mit seiner Plastiktüte durch Kälte und Dunkelheit zurücklief. Sie hatte völlig erschöpft ausgesehen.

Karin erzählte beim Essen von Weihnachten zu Hause, von den fünfzig Euro und dem Schal, die sie von ihren Eltern geschenkt bekommen hatte, und wie ihre Freundinnen die neuen Ohrringe bewundert hatten. Alex erzählte, wie gut ihm die Tom Waits-CDs gefallen hatten und dass man den »amerikanischen Traum« demolieren müsste, um ihn am Leben zu erhalten. Karin reichte schwarzen Tee und legte *Smashing Pumpkins* auf. Er fand es plötzlich merkwürdig, dass Karin trotz ihrer Glutamat-Allergie chinesisches Essen klaglos vertrug, beschloss aber, nicht nachzufragen. Eine halbe Stunde später war Alex fest auf dem Sofa eingeschlafen. Karin weckte ihn gegen zehn, als sie selbst ins Bett wollte, und schickte ihn nach Hause.

Alex hatte im vergangenen Monat vergessen, seinen

Stundenzettel auszufüllen und abzugeben. Die Sekretärin wies ihn freundlich, aber ironisch auf sein Versäumnis hin, und obwohl Alex sie mochte und ihr das nicht übelnahm, wurde seine verkaterte Laune deutlich schlechter. Anzugeben, wie viel Arbeitszeit pro Monat für welches Projekt verwendet worden war, war ein reines Zahlenspiel, das wenig mit der Realität zu tun hatte, sondern so hingebogen wurde, dass alle Projekte halbwegs nach Plan abgedeckt waren. Als er noch promovierte, ging die komplette Arbeitszeit auf ein Projekt, aber jetzt war er Dienstleister für verschiedene Stellen, auf die er die allgemeinen Arbeiten wie Reparaturen und Dazulernen ohne bestimmten Hintergrund irgendwie verteilen musste. Im letzten Jahr war geplant worden, eine elektronische Zeiterfassung einzurichten, die jeder Mitarbeiter nach Möglichkeit täglich aktualisieren sollte, »auf das jeder Pups zu berechnen und abzuheften wäre«, wie Kosinski kommentierte. Der Betriebsrat hatte das mit Mühe und Not verhindern können, wodurch er sich auch einmal nützlich gemacht hatte.

Die Maschinen in den Laboren und Werkstätten summten wie zum Hohn zuverlässig vor sich hin. Die meisten der männlichen Mitarbeiter kamen am ersten Tag zu spät, blass und verkatert, aber irgendwie noch in Feierstimmung. Falls sie nicht überhaupt noch Urlaub hatten. Alex hingegen fühlte sich ausgeschlafen und aggressiv, ohne richtig zu wissen warum. Eingeschlossen in Raum 101 wartete seine fertige Zeitmaschine. Er beschloss, sie am übernächsten Wochenende, am besten gleich Freitagabend auszuprobieren. Das nächste Wochenende würde er komplett mit Karin verbringen. An den Wochentagen würde wahrscheinlich zu viel los sein im Institut. Nachts zu experimentieren war auch keine gute Idee. Irgend etwas war am Jahresanfang immer, Ausschreibungen für Forschungsprojekte, oder noch besser neue Bestimmungen oder sonst irgendwelche Änderungen, die sich die Geschäftsleitung ausgedacht hatte. Oder etwas, das im letzten Jahr nicht fertig geworden war. Die Gefahr war zu groß, dass Dunkelfeld oder einer der Kollegen bis spät in den Abend arbeitete und durch einen Zufall entdeckte, dass Alex in der vermeintlichen Abstellkammer beschäftigt war. Nicht auszudenken, jemand würde in der beschleunigten Zeitphase hereinkommen und etwas anfassen. Würde er, Alex, dann überhaupt zu sehen sein und wie? Alex selbst könnte gar nicht mehr reagieren, da seine Zeit viel schneller verflöge. Würde die stark gekrümmte Raumzeit überhaupt die Photonen, die Alex' optisches Bild ergaben, bis zur Tür vordringen lassen? Würden man durch diesen Bereich schneller ablaufender Zeit hindurchsehen können oder würde das Licht gekrümmt wie bei einer riesigen Linse? Er musste das in Ruhe durchrechnen, vielleicht würde es interessante optische Möglichkeiten durch die Zeitmaschine geben. Alex notierte sich Stichpunkte auf einem Schmierzettel, als es an seiner Bürotür klopfte. Christoph kam herein, wünschte ein frohes neues Jahr, quatschte etwas über Weihnachten mit der Familie und wollte etwas zu den Daten fragen, die Alex vor Weihnachten für ihn gemessen hatte. Es war zehn Uhr, gleich würde Lukas auftauchen und auch ein »frohes Neues« wünschen, und bis zum Mittag würde er Karl ein ebensolches gewünscht haben.

Alex wunderte sich, als er an Christoph eine ungewöhnliche Nachdenklichkeit wahrnahm. Vielleicht plagten ihn seine Bronchien noch mehr als sonst.

»Eigentlich ist das mit den Messungen auch nicht so wichtig.« meinte Christoph dann. »Ich bin eh nur noch bis Ende Februar hier, und mein Resturlaub muss auch noch weg.«

»...äh?«

»Ich hab einen anderen Job bekommen, stellvertretender Abteilungsleiter beim Eichamt.«

»Wie, willst du nicht mehr habilitieren?

»Nee, das war eigentlich nur als Zwischenstation gedacht, bis ich was Besseres habe. Jetzt steuere ich direkt auf die Verbeamtung zu, ist ja eigentlich das Beste, was mir passieren kann. Ich meine, schließlich bin ich verheiratet, und der Kleine soll auch kein Einzelkind bleiben.«

»Ja, dann... Herzlichen Glückwunsch und alles Gute im neuen Job!«

»Ja, Dunkelfeld kriegt morgen meine Kündigung. Den anderen Kollegen will ich nach und nach schonend beibringen. – So, ich fang schon mal an, meinen Schreibtisch aufzuräumen.«

Zu der Überraschung, Christoph falsch eingeschätzt zu haben, was eigentlich relativ egal war, kam Neid. Eigentlich wäre Alex auch lieber heute als morgen weggegangen und hätte das Dunkelfeld und die Kollegen auch gern wissen lassen. Aber erstens hatte er keine Vorstellung, was er lieber machen wollte, und zweitens war er einfach zu lethargisch und zu sehr von anderen Dingen vereinnahmt, um eine Stellensuche und Bewerbungen anzugehen. Aber das Christoph so leicht auf seine akademischen Höhenflüge verzichtete und lieber ganz spießig den Beamten und Familienvater geben wollte, war schon seltsam. Und auch kein Vorbild. Möglicherweise war er auf ein vertrauliches Gespräch aus gewesen, um sich über die Zustände in der Abteilung auszusprechen, fand Alex' nüchterne Art aber zu abweisend und war deswegen wieder gegangen. Was schade gewesen wäre.

Ein paar Häuser neben der Drogerie, in der Alex Toilettenpapier und Reinigungsmittel kaufen musste – vom Vorratskauf einer Familienpackung Kondome hatte er in letzter Sekunde Abstand genommen, da die alte noch nicht ganz aufgebraucht war –, befand sich ein kleines

Geschäft mit Gebrauchtwaren, hauptsächlich Geschirr und Kleinmöbel. Alex hatte sich schon immer gefragt, wer die Kunden dieses Ladens waren: Leute, die sehr wenig Geld hatten, oder eher Sechziger- und Siebziger-Jahre-Nostalgiker? Dann entdeckte er etwas in der Auslage, ging wie automatisch in den Laden und kaufte es. Ein bisschen stand er neben sich und fand die Situation peinlich, er überlegte, ob er behaupten sollte, es sei ein Geschenk, am klügsten indirekt, in dem er nach Geschenkpapier fragte. Er ließ es sein. Wenn schon, denn schon, und die Verkäuferin verkaufte schließlich jeden Tag irgendwelchen Nippes und dachte wahrscheinlich eh nur noch an den Feierabend.

Es war eine Garnitur Salz- und Pfefferstreuer in Form zweier aus Holz gedrechselter Schweinchen. Seine Großeltern hatte genau die gleiche gehabt. Sie standen auf dem Fernseher in ihrem Wohnzimmer, unter ihnen lag ein kleines rundes Spitzendeckchen. Alex stellte sie vor seinen Computerbildschirm, nachdem er das Toilettenpapier und die Flaschen mit dem Reinigungsmittel hastig weggeräumt hatte. Auf den Flachbildschirm passten sie leider nicht. Eines Tages hatte man die Figuren dem kleinen Alex zum Spielen gegeben, damit er beschäftigt war. Alex hatte mit den Schweinchen die Wunderwelt des großelterlichen Wohnzimmers erkundet. Bei Gefahr hatten sich die Schweinchen immer unter den Sofakissen verstecken müssen. Alex hatte Lust, den Schweinchen seine Wohnung zu zeigen. Sie würden in die Kaktustöpfe klettern dürfen, müssten aber wegen der Stacheln aufpassen.

Herrje, er war wohl zu überarbeitet, dann die Zeitmaschine, und Karin war auch nicht unbedingt pflegeleicht.

Was wohl aus den Originalschweinchen seiner Oma geworden war? Sie waren niemals als Salz- und Pfefferstreuer benutzt worden und standen nur auf dem Fernseher. Ab und zu hatte Alex mit ihnen gespielt. Jahre später, als er seine Großeltern wieder besucht hatte, sich dabei gelangweilt und aus irgendeinem Grund eines der Schweinchen, die immer noch am alten Platz standen, wieder in die Hand genommen hatte, hatte er erst entdeckt, dass es eigentlich keine einfachen Figuren waren. Der Ringelschwanz wurde durch eine Art Knopf dargestellt, den man herausziehen konnte, die Tiere waren hohl, und man konnte sie füllen. Aus den Nasenlöchern wären dann Salz oder Pfeffer gerieselt. Diese beiden hier waren auch noch unbenutzt. Auf dem Schreibtisch waren sie im Weg, im Bücherregal war mehr Platz.

Alex fühlte sich unsagbar erschöpft. Nicht unerträglich, aber so, dass er nicht sagen konnte, wie und warum. Und das, obwohl die Arbeitswoche wegen der Feiertage kürzer als sonst gewesen war und eigentlich nichts Besonderes passiert war. Erwartungsstress musste dazu beigetragen haben, dann die immer wiederkehrenden Gespräche über Weihnachten und Weihnachtsgeschenke und der Zwang, Interesse heucheln zu müssen. Alex interessierte es einen Dreck, was die Kinder der Kollegen bei den Großeltern angestellt hatten und erst recht, welches elektronische Spielzeug man sich gegönnt hatte. Das Publikum hier in der »Kremlmauer« am Freitagabend sah so aus, als ob es ihn niemals mit solchen Geschichten nerven würde, vorausgesetzt, es ergäbe sich überhaupt ein Gespräch zwischen ihm und jemand Unbekanntem. Die anderen Gäste schienen Gruftis im ersten oder geisteswissenschaftliche Studenten im dreißigsten Semester zu sein, linke Nostalgiker, Leute mit Sinn fürs Morbide oder irgend etwas dazwischen. Na gut, mit Karl hatte er einen Kollegen, der ebenfalls Sinn fürs Morbide besaß und der deshalb doch irgendwie interessant war. Karl war der einzige Kollege gewesen, der Alex ernsthaft gefragt hatte, wie er die Feiertage verbracht und was er geschenkt bekommen hatte. Alex hatte sich entzogen, so gut es ging, indem er fast wahrheitsgemäß geantwortet hatte, allein zu Hause geblieben zu sein.

Endlich sah er Karin, wie sie sich zwischen den dicht besetzten Tischen durchquetschte. Sie küsste ihn zur Begrüßung, schälte sich aus ihrem schwarzen Mantel und setzte sich auf den zweiten Stuhl. Alex verschlang sie mit den Augen – ihr streng zurückgebundes Haar, ihre hohen Wangenknochen und die Schatten, die sie warfen, den dunklen Lippenstift und die dunkel geschminkten Augen im bleichen Gesicht, ihr enger schwarzer Rollkragenpullover und der großflächige Silberschmuck einschließlich der neuen Ohrringe. Der ganze Ärger, über den er eben nachgegrübelt hatte, sank in sich zusammen zu einem kleinen harten Klumpen im Bodensatz seines Kopfes.

»Doch gut, dass du so früh hier warst und einen Tisch freigehalten hast«, sagte sie. »Sorry, bei mir hat es viel länger gedauert auf der Arbeit und einkaufen musste ich auch noch. Jetzt geht wieder der große Sortimentswechsel los. Jedes Jahr derselbe Scheiß. Wie wars bei dir?«

»Ging so. Die Kollegen trudeln wieder ein und erzählen, wie toll die Feiertage waren. Zum Kotzen. Außerdem ist heute Freitag, und wir durften wieder putzen, obwohl wir vor Weihnachten schon saubergemacht hatten und in den paar Tagen nicht so viel Staub gefallen war.«

Karin bestellte die »große Wodkaorgel für zwei«, als der Kellner kam. Das bedeutete, je zwei Gläschen jeder vorrätigen russischen, polnischen, deutschen oder sonstigen Wodkasorte. Alex war überrascht, widersprach aber nicht, sondern bestellte zwei Weizenbier dazu. So tranken sie sich nach und nach durchs Sortiment, klagten sich ihr Leid und spülten mit Weizenbier nach. Die akustische Untermalung bildete eine wüste Mischung aus 80er-Jahre-Independent-Krawallmusik, die kaum die Stimmen der übrigen Gäste durchließ.

Nach dem letzten Glas fühlte sich Alex wie erschlagen und total benebelt. Sie standen vor der Kneipe auf der Straße. Von einem war eine Berührung ausgegangen, die beantwortet worden war. Schließlich lehnten sie in enger Umarmung an der Wand, die Zungen tief im Mund des anderen, und eine Hand irgendwo in der fremden Unterwäsche. Einzelne Eindrücke, Karins Ohr, ihre Zähne, ihre Rippen unter seiner Hand traten kurz und klar durch den Nebel in sein Bewusstsein. Sie schafften es in Karins Wohnung, bevor sie sich die Kleider vom Leib zogen und endgültig übereinander herfielen. Schwerfällig und unkontrolliert, fast wie gegen ihren Willen. Die Erregung stumpfte ab, lange bevor sie fertig wurden.

Alex wachte am nächsten Morgen allein in Karins zerwühltem Bett auf. Die Mittagssonne schnitt sich in schmalen Strahlen durch die Jalousie, einer davon musste ihn geweckt haben. Aus der Küche hörte er Geräusche. Sein Schädel fühlte sich dumpf an, aber Kopfschmerzen hatte er eigentlich keine. Stattdessen war ihm irgendwie übel und etwas lag ihm wie schwer und entzündet im Magen. Alex erinnerte sich, gestern Nacht noch im Bad gewesen zu sein. Genau da musste er jetzt auch hin.

Karin war auch noch nicht lange auf gewesen, hatte aber schon mal Frühstück gemacht. Sie war noch fast so müde wie er, und Alex war dankbar für ihre Wortkargheit. Nach einer Weile zog sie sich mit einer knappen Entschuldigung an ihren Computer zurück, sie sei noch nicht dazu gekommen, alle ihre Emails seit Weihnachten zu lesen und zu beantworten. Nachmittags machten sie einen langen Spaziergang durch den Park.

Sie beschlossen einvernehmlich, den Samstagabend jeweils allein zu verbringen.

Karin erschien am Sonntagnachmittag in Alex' Wohnung. Alex fühlte sich deutlich besser als am Vortag, vor allem ausgeschlafen und schmerzfrei. Karin war ebenfalls deutlich besserer Laune, wie ihr Begrüßungskuss verriet. Alex war gerade damit beschäftigt, das gerade gespülte Geschirr vom Zweiuhrtee wegzuräumen, Karin ging ins Wohnzimmer voraus, bis er fertig war. Als er nachkam, fand er sie am Bücherregal stehen und sich mit entsetztem Gesichtsausdruck zu ihm umdrehen.

»Was um Himmels Willen ist das denn?«

»Was?« Alex war sich nicht sicher, ob das Entsetzen, das er für gespielt gehalten hatte, nicht doch echt sein konnte.

»Wer hat dir denn die geschenkt? Die standen doch vor Weihnachten nicht hier.«

»Was? Ach, die Schweinchen. Die sind nicht geschenkt, das ist so eine Art Kindheitserinnerung.«

»Ich wusste ja, dass deine Kindheit hart war, aber dass es so schlimm war —«

»Sehr witzig! Meine Großeltern hatten so welche, die waren zeitweise mein Lieblingsspielzeug. Ich hab die im Second-Hand-Laden gesehen und hab sie gekauft. Ich weiß nur nicht so recht, wohin damit.«

»Wow. Auch noch selbst gekauft. Irgendwo im Schrank ganz hinten wäre ein guter Platz.«

»Eigentlich sind das Salzstreuer.«

»Dann natürlich in den Küchenschrank. Irgendwie erinnern die an diesen erzgebirgischen Weihnachtskitsch. Diese rundlichen Engelchen und der ganze Kram.«

Alex nahm ihr die Schweinchen aus der Hand und legte sie um des lieben Friedens willen in die Schreibtischschublade.

»Sowas, wie wir vor ein paar Wochen auf dem Flohmarkt gesehen haben? Davon hatten meine Großeltern auch was. Wir hatten Verwandte drüben, die haben das damals geschickt.«

»Im Gegenzug für den guten Westkaffee?«

»Ja, wahrscheinlich. Eine Lichterpyramide und einen Nussknacker mit bunter Uniform hatten wir auch, die fand ich immer ganz klasse. Ich habe sogar diese ekligen vertrockneten Walnüsse gegessen, nur um den Nussknacker benutzen zu dürfen. Mit den Weihnachtssachen durfte ich sonst nicht spielen. Die standen nur im Wohnzimmerschrank.«

»Davon bin ich verschont geblieben, wir hatten keine Verwandten in der Zone. Dafür gab's bei uns Porzellanfiguren.«

»Das ist doch mindestens genauso kitschig. Wobei diese Holzsachen, wenn ich mich richtig erinnere, ja rührend primitiv gemacht sind: die Grundstruktur einfach aus dem Holz abgedreht. Deswegen sind die Engelchen so schön rundlich.«

»Wie?«

»Spanende Bearbeitung, wie der Industriemechaniker sagen würde.«

»Spannende Bearbeitung?«

»Nur die Tannenbäumchen, die waren eigentlich klasse.«

»Hallo, Alex? Aufwachen!«

»Die Tannenäste waren Späne vom Hauptstück, die waren mit dem Schnitzmesser angeschnitten, so dass sie sich aufrollten und als Rolle vom Stamm abstanden. Aber alle schön gleichmäßig und nach oben hin kleiner werdend. Ist wahrscheinlich gar nicht so einfach.«

»Eigentlich wollte ich dich gerade fragen, ob wir ins Kino gehen sollen.«

»Wollen wir nicht lieber hier bleiben und nachher was Schönes kochen?«

Alex musste lange warten, bis das Institut sich am Freitagabend leerte. Zuerst hatte er noch versucht zu arbeiten und einen Fachartikel gelesen, später wurde er ungeduldig. Ab und zu lief er über den Korridor zu den Laboren hinüber, nur um herauszufinden, wer noch da war. Es war draußen längst dunkel, aus dem Chefzimmer schien immer noch Licht. Gegen sieben endlich hörte Alex, wie eine Tür auf dem Korridor geschlossen wurde. »Jetzt kommt er hoffentlich nicht rein und will quatschen!« dachte er.

Alex wartete noch zehn Minuten Ruhe ab, dann ging er in Raum 101 zu seiner Zeitmaschine. Auf der Treppe fiel ihm auf, dass seine Knie weich wurden vor Aufregung. Er strengte sich an, nicht darüber nachzudenken, was mit ihm passieren konnte, wenn es nicht nach Plan lief. Würde die Gravitation der deformierten Raumzeit ihn zerquetschen oder aufblasen? In seiner Rumpelkammer fuhr er den alten Computer hoch, schaltete alle weiteren Steuer- und Messgeräte ein und schloss den großen Transformator an die Drehstromsteckdose. Er vertippte sich zweimal, als er das Computerprogramm aufrief. Schließlich wartete der Rechner auf die endgültige Eingabe. Alex überprüfte noch einmal jedes Gerät. Waren alle Kabel richtig gesteckt? Standen die großen Spulen da, wo sie hingehörten? Er musste jetzt noch ein Zeitintervall eingeben, in dem die Zeit schneller ablaufen würde. Da er nur angenähert vorherberechnen konnte, wie lange die Beschleunigung und das Abbremsen dauern würden, würde er tatsächlich etwas weniger Zeit überspringen, wusste aber nicht, wie viel.

Alex fühlte sich, als sei er nur noch lose mit seinem Körper verbunden, als stünde er neben sich. Das grelle Neonlicht im Raum blendete ihn. Schließlich nahm er seine Armbanduhr ab und legte sie in die Schublade des Tisches. Es war zwanzig nach sieben. Er setzte sich auf den Stuhl zwischen den großen Spulen und nahm den Joystick in die Hand. Der Computerbildschirm stand ihm gegenüber auf dem Tisch und leuchtete grün. Einfach die Nacht zu überspringen wäre gut für einen ersten Versuch. Er manipulierte den Joystick, bis »10:00h«[32] auf dem Display stand, atmete tief durch und drückte auf den roten Knopf, den früher jemand benutzt hatte, um bei Computerspielen Ufos abzuschießen.

Das Licht wurde schwächer und irgendwie rötlich. Eine bleierne Leere breitete sich in seinem Unterleib aus, und für einen Moment konnte er nichts mehr um sich herum erkennen, obwohl es nicht dunkel geworden war. Dann lichtete sich der Schleier. Auf der Anzeige stand »00:00h«, als ob alles nach Plan abgelaufen wäre. Der Raum sah aus wie vorher. Durch das Kellerfenster sah er den Nachthimmel und eine entfernte Straßenlaterne. Es war wohl alles nur Erwartungsstress gewesen. Alex stand auf und nahm seine Uhr aus der Schublade. Es war halb acht. Die Datumsanzeige war nicht weitergerückt. Einen Blackout von zehn Minuten schloss er aus, er war die ganze Zeit bei vollem Bewusstsein gewesen. Die ganze Zeit waren aber deutlich weniger als zehn Minuten gewesen, nach seinem subjektiven Zeitgefühl. Demnach hatte tatsächlich ein Zeitsprung stattgefunden! Und er war völlig ungefährlich gewesen!

Nur das Zeitintervall war viel zu kurz gewesen, zehn Minuten anstatt zehn Stunden. Er würde es gleich noch einmal mit einem größeren Zeitsprung probieren. Alex legte die Uhr zurück und setzte sich wieder auf seinen verschrammten Holzstuhl. Die Spulen blickte er triumphierend an, die er selbst gewickelt und deren Spulenkörper selbst aus Holzlatten zusammengebaut hatte. Er war ein Genie und sein Experiment hatte funktioniert, trotz seiner uralten, zusammengewürfelten Ausrüstung. Bei »Jugend forscht« traten die Leute mit besserem Etat an!

---

[32] h = hour (Stunde), d = day (Tag)

Die Anzeige auf dem Computerbildschirm stellte er auf »03:00d«. Drei berechnete Tage würden hoffentlich reichen, um am Samstag oder wenigstens irgendwann in der Nacht rauszukommen. Er drückte den Knopf.

Wieder veränderte sich das Licht ins Dunkle und Rötliche. Alex sah noch, dass die Zeiger der Drehspulmessgeräte auf dem Tisch heftig flatterten. Ein Kribbeln machte sich an den äußeren Enden seiner Extremitäten bemerkbar, aber auch ein Art von Lähmung, wie nach einem leichten Stromschlag, ohne dass es einen Schlag gegeben hätte. Dann ein Gefühl der Schwere, Wärme, Dunkelheit im Solarplexus, eine Art Gravitationszentrum für das Kribbeln, das sich aufwärts bewegte. Obwohl diese Bewegung gradlinig war, hatte Alex gleichzeitig den Eindruck einer spiralförmigen Bahn. Davon wurde ihm schwindlig, ja sogar etwas übel. Es war auch nur eine Bewegung, die er spürte, obwohl sie an mehreren Punkten, Händen und Füßen, begonnen hatte. Und obwohl die Bewegung in seinem Körper stattfand, kam sich Alex wie ein Passagier vor, als ob er auf einer Achterbahn fahren würde. Das Gravitationszentrum war verschwunden oder hatte sich verlagert. Die Bewegung war mittlerweile im Unterleib angekommen und raste die Wirbelsäule entlang Richtung Kopf. Die Wirbelsäule sah von innen aus wie ein Tunnel mit rundem Querschnitt und mit irgendwie organischen Wänden. Die Luftröhre oder den Schlund hätte er sich vielleicht so vorgestellt, wie das Innere eines Wellschlauchs, aber rötlich, pulsierend und geädert. Oder war der Weg doch massiv, und er ein Energieimpuls, ein Blitz, eine Information? Durch einen Zeittunnel, der wie eine Luftröhre aussah? Die Bewegung beschleunigte sich immer mehr, weil er aber noch schneller schrumpfte und der Weg entsprechend länger wurde, würde es immer länger dauern, bis er ankäme. Es lief inzwischen den Kopf herauf, ins Gehirn und in eine immer enger und schneller werdende vertikale Spirale hinein. Er fühlte sich wie von einem gigantischen Riesenrad nach oben gehoben, so, als ob er kurz vor dem Scheitelpunkt der Drehung wäre, wenn aus der Bewegung nach oben eine Bewegung nach unten wird. Nur der Umkehrpunkt kam und kam nicht. Die Bewegung veränderte sich nicht, aber Alex erwartete ständig eine Veränderung, und davon wurde ihm wieder schwindlig.

Bis sich alles in einem Moment auflöste, wie wenn im Zeitraffer eine Tablette im Wasserglas sich auflöst, der Eindruck von Bewegung nicht mehr vorhanden war und Alex wieder in seiner normalen Gestalt dasaß, etwas schwankend, unwohl und gegen den Schwindel und einen leichten Brechreiz ankämpfend. Die optischen Eindrücke rasten immer noch wie ein Echo durch sein Gehirn. Er konnte nicht sagen, ob ihm das Gravitationsfeld die Augenlider heruntergezogen hatte oder ob er tatsächlich seine Umgebung durch die gekrümmte Raumzeit hindurch erblickte. Für letzteres sah alles zu organisch aus, wie ein anatomisches Präparat unter dem Mikroskop, in dem er dann mittendrin gesteckt hatte. Aber wer wüsste schon, wie stark gekrümmte Raumzeit aussah. Wie eine Schemazeichnung im Lehrbuch wahrscheinlich nicht. Oder hatten die Magnetfelder direkt sein optisches Zentrum im Gehirn manipuliert?

Die optischen Irritationen ließen schließlich nach. Der Raum sah wieder wie vorher aus, draußen war es noch dunkel. War er wieder nur ein paar Minuten gereist oder wenigstens ein paar Stunden? Er holte seine Uhr aus der Schublade. Es war viertel nach sechs. Dann blieb fast sein Herz stehen: Dem Datum nach war jetzt Montag!

Wie in Trance schaltete er alle Geräte aus und fuhr den Computer herunter. Er schaltete das Deckenlicht aus und öffnete vorsichtig die Tür. Falls es viertel nach sechs abends war, würden noch Leute im Institut sein. Falls es früh am Morgen wäre, würde in zwei Stunden ein kompletter Arbeitstag beginnen, obwohl er eigentlich gerade erst einen mit Zusatzbelastung hinter sich hatte und eigentlich schlafen müsste. Es war niemand in der Nähe, also schlich sich Alex den Korridor und das Treppenhaus entlang. Es musste Abend sein, die Werkhalle stand in voller Beleuchtung. Alex hatte also einen Tag die Arbeit geschwänzt. Er überlegte, dass er behaupten würde, er sei krank gewesen. Es wäre das Beste, jetzt ungesehen in sein Zimmer zu gehen und nach der Email zu sehen. Wenn ihn jemand vermisst hatte, hatte derjenige sicher eine Nachricht hinterlassen.

Als er am Lichtbogenofen vorbeikam, kroch völlig unerwartet Dunkelfeld darunter hervor, mit aufgekrempelten Ärmeln und schmutzigen Händen. Auch das noch!

»Alex, um Himmels Willen, wo bist du denn den ganzen Tag gewesen?«

»Zu Hause, ich war krank. Brechdurchfall, hab gestern wohl was gegessen, was schlecht war.«

»Du sieht auch leichenblass aus, wie ausgespuckt. Mensch, wir haben einen Stromausfall gehabt! Alle Vakuumanlagen sind ausgefallen, die am Lichtbogenofen auch. Und ich wollte heute Versuche machen! Deine Anlage übrigens auch. Die Pumpen haben einen Schlag gekriegt und sind ausgefallen, die Anlagen haben alle Öl aus den Vorpumpen gezogen. Müssen jetzt alle saubergemacht werden.«

»Ach du Scheiße... Der Super-GAU[33].«

»Die Elektriker sagen, wir hätten im Haus eine Überlastung im Stromnetz gehabt, irgendwann am Wochenen-

---

[33] GAU steht für »größter anzunehmender Unfall«. Supergau soll offenbar eine noch höhere Stufe darstellen. Vor dem Reaktorunglück von Chernobyl 1986 war dieser Ausdruck weitgehend unbekannt, danach wurde er von Wissenschaftlern, Technikern und Laien für alles Mögliche gebraucht.

de. Heute Morgen war die ganze Bescherung schon fertig. Ich weiß gar nicht, was das gewesen sein soll, womöglich schon Freitagabend. Ich war am Sonntag nicht hier, weil meine Tochter Geburtstag hatte. Seit sie studiert, kommt sie ja so selten nach Hause. – Geh am Besten wieder nach Hause und schlaf dich gesund, heute kannst du eh nichts mehr machen.«

»Okay. Ich gehe eben nach meinen Emails kucken.«

»Tschüss. Bis morgen in alter Frische!«

»Tschüss.«

Karl und Lukas hatte jeweils eine Nachricht hinterlassen wegen des Stromausfalls und der Verunreinigung der Vakuumanlagen. Außerdem gab es noch ein Rundschreiben des Leiters der Elektrowerkstatt und der Geschäftsleitung. Nach der Ursache der Störung wurde gefahndet, Mitarbeiter sollten Auffälliges melden. Alex schlich wie ein geprügelter Hund hinaus.

Alex war nie auf den Einfall gekommen, einmal auszurechnen, wie viel Strom die Zeitmaschine eigentlich verbrauchen würde. Er hatte seine Theorie so elegant gefunden, dass er sich über die Energiebilanz keine Gedanken gemacht hatte. Typisch für jemanden, der sich in seinem bisherigen Leben nie großartig den Kopf darüber hatte zerbrechen müssen, wo eigentlich das Geld herkam.

Ölverschmutzte Vakuumapparaturen mussten auseinandergenommen, mühsam von Hand gereinigt, zusammengebaut und wieder evakuiert[34] werden. Nicht nur, dass das keine angenehme Arbeit war, es ging dabei extrem viel Zeit verloren. Wenn es herauskäme, dass Alex daran schuld war, würde er es mit allen Kollegen und Vorgesetzten für alle Zeiten sehr schwer haben – falls er nicht sowieso rausgeschmissen werden würde. Und Schadener-

---

[34] Vakuumtechnisch für »leer gepumpt«

satz leisten müsste. Moment, er hatte eine Haftpflichtversicherung. Aber hatte die nicht eine begrenzte Deckungshöhe oder wie das hieß?

Alex war mittlerweile an der Straßenbahn. Karin! Das war jetzt ungefähr ihre Zeit! Karin musste sauer auf ihn sein, er war ja das ganze Wochenende unangemeldet verschwunden und nicht erreichbar gewesen. Am Samstag waren sie verabredet gewesen. Tatsächlich fand er auf seinem Händi den Hinweis auf drei »Anrufe in Abwesenheit« und zwei Nachrichten auf der Mailbox. Beide waren von Karin, der erste eher sauer, der zweite eher besorgt. Er würde heute noch mit ihr telefonieren müssen.

Zu Hause kramte er als erstes nach seiner Versicherungspolice. Die Deckungshöhe betrug drei Millionen Euro. Wenn er gewusst hätte, worin der Schaden eigentlich bestand, hätte er abschätzen können, ob das reichen würde. Nur für die Sachen, die neu angeschafft werden müssen oder auch für die zusätzliche Arbeitszeit? Entschädigung für nicht mehr einhaltbare Termine? Und wie sollte er überhaupt erklären, womit er die Leitungen überlastet hatte?

Ihm war speiübel, ob vor Hunger und Erschöpfung oder vor Angst war nicht mehr zu unterscheiden. Er aß zwei Marmeladenbrote und trank ein Glas Milch. Danach war ihm auch übel, nur anders.

Karin die Wahrheit zu sagen, hätte keinen Zweck gehabt, sie hätte ihm nicht geglaubt. Eine Krankheit vorzuschieben, wäre besser, aber welche? Es gab keine Krankheit, bei der man nicht anrufen oder wenigstens eine SMS hätte schicken können. Drei Tage Koma im Krankenhaus? Und heute schon wieder entlassen? Zu behaupten, er habe im Institut bleiben und arbeiten müssen, entfiel aus dem selbem Grund. »Sorry, wir haben so viel Elektrosmog produziert, dass wir keine Netz mit den Händis gekriegt haben.« Schwachsinn, dann wäre bei ihren Anrufen sofort die Mailbox dran gegangen. »Ich musste unbedingt zu meinen Eltern und hab zu spät gemerkt, dass ich das Händi zu Hause liegen gelassen habe.« Schon besser. Warum er nicht von zu Hause angerufen hätte? Wer wußte denn heutzutage noch Händinummern auswendig? Karins Festnetzanschluss stand selbstredend nicht im Telefonbuch. Doch... Doch, das war die einzige mögliche Ausrede.

»Hoffentlich ist sie zu Hause oder hat wenigsten das Händi an,« dachte Alex, »sonst muss ich noch länger schmoren.« Er hatte Glück, Karin meldete sich nach dem zweiten Klingeln.

»Karin? Hier ist Alex -«

»Oh, lebst du auch noch?«

»Entschuldige bitte, dass ich dich einfach so versetzt und mich nicht gemeldet habe. Ich musste am Freitagabend zu meinen Eltern. Dringend, mein Vater hatte einen Autounfall und liegt im Krankenhaus. Intensivstation. Das Dumme ist, ich hab mein Händi vergessen. Hab ich erst gemerkt, als ich schon im Zug saß.«

»Dein Händi vergessen?«

»Sorry, aber das ging so schnell. Meine Mutter rief abends an, und ich hab sofort meine Sachen gepackt und bin gefahren.«

»Nur ohne dein Händi. Ja, das ist ja auch das einzige Telefon auf der Welt.«

»Sorry, aber ich weiß deine Telefonnummern nicht auswendig. Ich hab versucht, mich zu erinnern und bei vier oder fünf fremden Leuten angerufen, weil es doch die falschen Nummern waren.«

»Eine Email wäre auch zu viel verlangt gewesen.«

»Karin, meine Eltern haben nur einen Computer im Geschäft, und da bin ich nur kurz gewesen. Ich war drei Tage am Rotieren, mein Vater war halbtot, meine Mutter mit den Nerven am Ende und ich durfte sie zum Krankenhaus und zurück fahren, nachdem ich seit zwei Jahren kein Auto mehr angefasst habe. Ich war ehrlich gesagt auch mit den Nerven am Ende. Ich bin erst seit einer halben Stunde wieder zurück.«

»Ist ja gut. Ich hab mir wahnsinnig Sorgen gemacht, als du plötzlich wie vom Erdboden verschluckt warst. Ich dachte, dir wäre was passiert! Ich war dreimal bei dir zu Hause, ich hab sämtliche Krankenhäuser der Stadt angerufen! Das war eine Scheiße! Ich hab denen erzählt, wir wären verlobt, damit die überhaupt mit mir reden. Dann hab ich gedacht, du wärest bei einer anderen Frau – ach, Scheiße!«

»Ist ja gut. Soll ich nicht noch bei dir vorbeikommen?«

»Äh, nein. Heute nicht. Ich bin ziemlich erledigt... Morgen auch nicht. Freitag in der ›Kremlmauer‹. Früher nicht.«

»Okay. Freitag in der ›Kremlmauer‹. Warum nicht morgen?«

»Nein. Lass uns morgen meinetwegen telefonieren. Oder musst du noch mal nach Hause?«

»Nein. Ich glaube nicht, meine Mutter hat sich wieder etwas gefangen, und meinem Vater geht's etwas besser. Mal sehen.«

»Hm.«

»Und im Institut ist nichts als Ärger. Die ganze Laboreinrichtung ist ausgefallen, Stromausfall, so eine miese Stimmung bei allen.«

»Bei mir läuft es auf der Arbeit auch grad mies.«

Längere Pause.

»Ja, dann bis Freitag.«

»Okay. Gute Nacht.«

»Gute Nacht.«

Kakteen sind die Gegenwart.
Kakteen stellen im Pflanzenreich ein junge Familie dar.

Es gibt keine fossilen Kakteen. Über zweitausend Arten, zum Teil hochspezialisierte, haben sich in wenigen zehn Millionen Jahren gebildet, beschränkt auf Süd- und Nordamerika. Nur einige Rhipsalis-Arten in Afrika wurden durch Vögel in prähistorischer Zeit dorthin gebracht, und die sehen nicht wie typische Kakteen aus. Durch den Menschen verbreiten sich Kakteen auf anderen Kontinenten, als wichtige Nutzpflanzen oder als Landplage.

Kakteen sind up to date, weil Wüsten im Aufwärtstrend liegen.

Kakteen speichern Wasser und geben es nur sehr widerwillig wieder ab.

Kakteen atmen nur nachts. Tagsüber ginge beim Atmen zu viel Wasser verloren. Nachts nehmen die Kakteen Kohlendioxid auf, es wird chemisch als Apfelsäure gebunden. Der Säuregrad der Gewebeflüssigkeit ist abends neutral und entspricht morgens dem von herbem Apfelsaft. Tagsüber wird das Kohlendioxid ganz normal durch Photosynthese verarbeitet.

Kakteen können in niederschlagsarmen Gebieten überleben, indem sie feinste Nebeltröpfchen und Kondenswasser über die Stacheln oder Borsten aufnehmen können.

Kakteen gehören zu den Nelkenartigen.

Bei den meisten Kakteen muss man mindestens in Jahren denken, was Wachstum und Vermehrung betrifft. Wenn sie nicht gerade blühen, sehen sie immer gleich aus, nur beim genauen Hingucken fällt auf, dass sie im Wachsen begriffen sind, erkennbar am frischen, unverstaubten Grün an den Vegetationspunkten und an den noch glasigen neuen Stacheln.

Und zweifellos werden uns die Kakteen sehr erfolgreich überleben, egal, welche Arten vorher noch ausgerottet und welche Lebensräume zerstört werden.

Und solche Problemchen wie Überzüchtung und Sortenreinheit werden sich dann auch schnell erledigt haben.

Das Kakteengemüse, das in Supermärkten, Baustoffhand-
lungen und sogar Gärtnereien verkauft wird, sind ja
meist nur Kreuzungen von Kreuzungen, kugelige oder
keulenförmige Gebilde mit Stacheln, teils auch mit Bors-
ten. Ein paar Typklassen dieser Mischkakteen gibt es, die
überall gleich aussehen und nicht einmal mit Blüten ein-
deutig zu identifizieren sind, die aber immer wieder ihre
Käufer finden, weil sie nach Kaktus aussehen und ein
oder zwei Jahre auf irgendeiner Fensterbank überleben
können.
   Schade, dass das Überlebtwerden niemand mehr miter-
leben kann.
   (aus Alex' Labortagebuch)

Alex wunderte sich, dass die Kollegen relativ gefasst
waren angesichts des Großschadens. Sein schlechtes Gewissen erdrückte ihn fast. In Raum 101 hatte er nichts
Ungewöhnliches wie verschmorte Leitungen, durchge-
brannte Sicherungen oder tote Steckdosen gefunden, auch
in der näheren Umgebung nicht. Alex hatte die Tür sorgfältig verschlossen, bevor die anderen kamen. Dann hatte
er sein eigentliches Labor untersucht. Die Vakuumpumpen liefen. Der Vorvakuumdruck war normal, der im
Hauptvakuum zu hoch, aber nicht völlig katastrophal. Als
Lukas endlich da war, hatten sie die Apparatur belüftet,
aufgemacht und angefangen, sie von innen zu reinigen.
Vakuum roch immer eigenartig, fand Alex. Natürlich
konnte man keine Nase ins Vakuum halten, komisch roch
es, wenn man eine Vakuumapparatur aus Edelstahl öffnet,
streng und trocken und irgendwie metallisch. Entweder
hatten sich im Vakuum Moleküle oder Molekültrümmer
gebildet, die sonst nicht vorkamen, oder solche entstanden, wenn die sauberen Metallinnenflächen der Apparatur
der normalen Atmosphäre ausgesetzt wurden.
Vakuumtechnik war ein dankbares Betätigungsfeld für

pseudoreligiöse Neurotiker, dachte Alex. Aufwändige Reinigungsrituale wurden unternommen, um das Schicksal gnädig zu stimmen. Die Berührung mit dem ungeschützten Fingern war schmutzig, Operationshandschuhe mussten getragen werden. Auf die Bauteile durfte nicht geatmet werden, der Kopf durfte nicht darüber gehalten werden, weil Haare oder Hautschuppen darauf fallen konnten. Das erschwerte viele Feinarbeiten. Glänzendes Metall in Form von Dichtringen wurde geopfert, wenn die Einzelteile wieder zusammengeschraubt wurden. Über Kreuz waren die Schrauben anzuziehen, damit sich nichts verkantete, mehrmals musste nachgezogen werden, bis die Hände schmerzten, die reinste Fronarbeit. Immer mussten starre Regeln und die Reihenfolge der Schrauben eingehalten werden, und wenn das beendet war und die Pumpen anliefen, starrte man gespannt auf das Orakel der Messgeräte, ob die ganze Mühe auch belohnt werden würde.

Mittags gingen die Kollegen zur Kantine. Alex wollte eben noch nachsehen, ob Karin ihm vielleicht eine Email geschickt hatte, und ihnen dann folgen. Sie hatte nicht. Auf dem Gang kam er an der offen stehenden Tür des Sekretariats vorbei. Die Sekretärin, die offenbar auf ihn gewartet hatte, hielt ihn auf und lotste ihn in Dunkelfelds Büro. Dunkelfeld blickte konzentriert in Richtung Fenster, aber irgendwie ins Leere. Offenbar hörte er auf das alte Röhrenradio, das auf dem Bücherschrank hinter ihm zwischen seinen wissenschaftlichen Auszeichnungen stand. Alex traute sich nicht, ihn anzusprechen und tat so, als versuche er zu entdecken, was Dunkelfeld da draußen fixierte.

»– mit zwei Nasenlängen Vorsprung. Dagegen enttäuschte die große Galopperhoffnung ›Portfolio‹. Sieger beim großen Preis von Heidelberg wurde überraschend der vierjährige Wallach ›Karrierefrau‹ aus dem Gestüt – «

Dunkelfeld hatte etwas Unverständliches gezischt und das Radio abgestellt.

»Alex, wo ich dich gerade treffe, wie sieht's unten bei euch aus?«

»Naja, wir machen grad sauber. Das dauert vielleicht zwei Tage, dann müssen wir ausheizen und nachsehen, ob alles noch funktioniert. Wenn ja, haben wir eine Woche verloren. Ich will bei der Gelegenheit noch den Proben-Manipulator neu justieren, der war in letzter Zeit nicht mehr ganz in Ordnung.«

»Was kann sonst noch kaputt sein? Die Detektoren?«

»Naja, wenn wir Pech haben und die nicht mehr sauber kriegen.«

»Und wenn die ersetzt werden müssten?«

»Ähm – das würde zwanzigtausend Euro kosten. Und – äh – zwei Monate Lieferzeit.«

»Das weißt du aber erst nächste Woche?«

»Hm, die Chancen stehen fünfzig fünfzig. Wenn das bei laufenden Betrieb passiert wäre, wären die Detektoren hin. So sehen die jetzt nicht so schlimm aus.«

»Du wirkst so unruhig, hast du's eilig?«

»Ich will zu den Kollegen in die Kantine. Mal hören, was die so abbekommen haben.«

»Ich dachte, wir könnten gleich zusammen in der ›Linde‹ Mittag machen.«

Die »Linde« war eine Kneipe in der Nähe, in der Dunkelfeld oft zu Mittag aß, weil seine Mittagspause oft erst nach Schließung der Kantine stattfand. Wann und wo da eine Linde gestanden haben soll mitten in der Stadt, war Alex schleierhaft. Für ihn waren spießige Kneipen wie die »Linde« völlig indiskutabel, außerdem gab es da kein richtiges Mittagessen.

Unterwegs fragte sich Alex, seit wann im Winter Pferderennen stattfanden, denn nach einem Sportbericht hatte sich das im Radio angehört. War nicht das Risiko viel zu hoch, dass sich die Pferde bei Kälte Muskelzerrungen holten oder sich auf verschneiten oder gefrorenen Boden die Beine brachen? Von einem Interesse Dunkelfelds für Pferderennen hatte er auch noch nie gehört, obwohl derartige Gerüchte im WBI schnell die Runde gemacht hätten. Pflegte Dunkelfeld nicht immer am Montagvormittag die Börsenberichte im Radio zu verfolgen? Litt er, Alex, jetzt schon unter Halluzinationen? Aus Angst und Stress oder gar als Spätfolge des Zeitreiseexperimentes?

Dunkelfeld bestellte zwei Frikadellen mit Brötchen, Alex ein Würstchen mit Kartoffelsalat. Es war das Einzige auf der Karte, das Sattwerden in Aussicht stellte. Das Essen kam prompt und auf schmalen Pappschalen, Dunkelfelds Frikadellen waren schwarz angebraten, als ob sie beidseitig frisch asphaltiert gewesen wären. Die Brötchen sahen alt aus.

»So, Alex, weswegen ich alleine mit dir sprechen wollte: Der Meister aus der Elektrowerkstatt sagte mir gestern, dass die Stromleitung im Keller überlastet gewesen wäre und dass das den Stromausfall verursacht hätte.« Dunkelfeld biss ein großes Stück aus dem ersten Teerklumpen.

»Im Keller?«

»Der Stromzähler für den Keller hat übers Wochenende eine Riesensatz gemacht. Und außer unseren Lagerräumen und alten Laboren ist da nichts. Und in einem Labor hast du dich ausgebreitet und einen dicken Trafo an die Drehstromsteckdose gehängt.«

»Scheiße...«

»Hast du am Wochenende da experimentiert?«

»...ja.«

»Ich hab mir das ganze Zeug mit den Spulen und Messinstrumenten angesehen, schon vor Weihnachten. Ich habe Schlüssel für die ganzen Räume da unten. Aber ich kann mir da keinen Reim drauf machen.«

»Das glaubt mir sowieso keiner. Das ist eine Zeitmaschine.«

»Aha. Und? Funktioniert sie?«

»Doch. Das schon.«

»Dann flieg mal zurück auf Freitag und sorg dafür, das wir keinen Stromausfall haben.«

»Geht nicht. Man kann damit nur in die Zukunft reisen.«

»Ist wohl noch nicht ganz ausgereift, was?«

»Das ist ein prinzipielles Problem. Wenn man das Raumzeitkontinuum krümmt mit einem starken Magnetfeld, wird man in die Zukunft beschleunigt. Verzögern oder zurückgehen geht damit nicht. Aber sonst funktioniert es, ich bin von Freitagabend auf Montagabend gesprungen.«

»Schmeckt dir der Kartoffelsalat nicht, der ist doch lecker? – Zu schade. In die Vergangenheit zu reisen wäre ja noch zu was nütze. Aber schneller in die Zukunft, wer will das schon, da kommt man sowieso hin. Da verpasst du höchstens unterwegs was.«

»Das ist allerdings auch wieder richtig.«

»Das ist doch höchstens akademischer Schnickschnack. Aber wenn du schon solche Ideen hast, hättest du doch vorher mit mir sprechen können. Für theoretische Physik hab ich immer was übrig gehabt. Das hättest du ja nicht da unten zwischen den Spinnweben machen müssen und dabei die Stromleitung zerschießen.«

»Entschuldigung. Aber das liegt ja überhaupt nicht in unseren Forschungsgebiet, da dachte ich, ich mache das besser allein. – Schmeißen Sie mich jetzt raus?«

»Jetzt mach dir mal nicht in die Hosen. Ich hab zu meiner Zeit auch genug angestellt. Was ich an Geräten kleingekriegt habe. Und da gehörte auch nicht alles ins ›Forschungsgebiet‹!«

Dunkelfeld tippte mit der Fingerspitze seine zahlreichen Brötchenkrümel vom Teller und von der Tischplatte und streute sie nach und nach in seine leere Kaffeetasse. »Sauberkeitsfimmel«, dachte Alex. Dunkelfeld fuhr fort:

»Also, unsere Halle kriegt jetzt neue Leitungen. Ich sage schon seit Jahren, dass die zu schwach sind, aber auf mich hört ja keiner. Wir erzählen, du hättest unten was geschweißt und einen Kurzschluss gehabt, fertig!«

»Ich kann nicht schweißen.«

»Dein Vater hat doch eine Werkstatt? Siehst du, dann kannst du auch schweißen. Ich hab dir mein Schweißgerät gegeben und fertig. Ich rede mit den Leuten, geht alles auf meine Kappe.«

Dunkelfeld hob seine Kaffeetasse.

»Aber deine Zeitmaschine baust du heute nach Feierabend ab und lässt die Sachen unauffällig verschwinden.«

Er schwenkte die vollgekrümelte Tasse mehrmals und trank sie mit einem tiefen Zug aus. Alex Gesicht dehnte sich vor Überraschung und Abscheu.

Lukas war längst schon wieder bei der Arbeit und war neugierig, was Dunkelfeld mit Alex zu besprechen gehabt hatte. Alex erfand irgend etwas von Projektanträgen. Er musste sich bemühen, seine zum Zittern neigenden Hände unter Kontrolle zu bringen, der Schreck saß ihm noch in allen Knochen. Bis abends um sechs wischten Alex und Lukas ihre Vakuumgefäße aus mit all ihren Installationen bis in die hintersten Verwinkelungen. Einige Teile bauten sie aus, um sie in Aceton eingelegt im Ultraschallbad zu reinigen. Dann verabschiedete sich Lukas mit der Entschuldigung, mit seiner Freundin zum Möbelmarkt fahren zu müssen. Alex hatte auch genug und wollte nach Hause, nicht ohne vorher im Büro nachzusehen, ob Karin eine Email geschrieben hatte. Karl tauchte in letzter Minute in seinem Büro auf, und Alex fragte sich, ob Karl als Dunkelfelds Vertrauter bereits alles wusste.

»Und, wie sieht's aus bei euch da unten?« fragte Karl.

»Geht so, könnte schlimmer sein. Morgen noch weiter putzen, dann zusammenbauen und abpumpen, und am Donnerstagabend wissen wir, wie viel kaputtgegangen ist. Und bei dir?«

»Ich hab heute zwei Lichtbogenöfen saubergemacht. Hab mich hier auch schon besser amüsiert.«

»Tja... Sorry, ich bin benebelt von dem ganzen Aceton.«

»Dunkelfeld lacht sich jetzt ins Fäustchen, und Platzhalter ärgert sich schwarz.«

»Hä? Wieso das?«

»Weil wir jetzt eine neue Hauptleitung kriegen, und zwar sofort. Dafür kriegt Platzhalter seine neue Starkstromleitung nicht. Und das heißt,« Karls Grinsen wurde so breit, dass sein fehlender Vormahlzahn unten links sichtbar wurde, »das er sein neues Transmissionselektronenmikroskop nicht aufstellen kann. Der kleine Ehrgeizling beißt sich wahrscheinlich in den eigenen Arsch vor Ärger. Tja, höhere Gewalt, kann man nichts machen.«

»Tja.«

»Was tja? Der Alte hat mir schon von deiner Schweißaktion erzählt. Von deinen verborgenen Talenten hast du nie was erzählt. Ist hat Pech gewesen mit der Stromleitung. Kopf hoch, wenn ich demnächst was am Auto habe, schweißt du das zusammen, und wir sind quitt.«

»Für den TÜV werden meine Künste kaum reichen.«

»Ich wollte lange schon runter zu deiner Werkstatt in den Keller und kucken, was du da so machst, aber ich bin nicht dazu gekommen. Ich dachte, du schraubst da irgendwas Dolles zusammen, dabei hast du nur Autoteile für den Dunkelfeld frisiert.«

»Was heißt frisiert...«

»Kurz nach Neujahr hat dieser Scheiß-Hacker hier wieder zugeschlagen, der hat mich Tage an Arbeit gekostet. Aber jetzt habe ich alles dicht, seit einer Woche ist er nicht mehr reingekommen. War eine Scheißarbeit, alles wieder aufzuräumen, was der durcheinander gebracht hat.«

Alex bemühte sich wieder, die Fassung zu bewahren. Karin hatte also wieder etwas in den Abteilungsrechnern angestellt und ihn ohne es zu wissen vor Karls Neugier gerettet. Dabei wusste er nicht, was schlimmer gewesen wäre: Der Stromausfall und die folgenden Peinlichkeiten mit Karin und vor allen das Gespräch mit Dunkelfeld, oder wenn Karl seine Zeitmaschine entdeckt hätte. Die abgeschlossene Tür hätte ihn nicht lange aufgehalten. Hatte er ihm also doch nachspioniert.

»Sorry, Karl, aber ich muss los, da wartet noch jemand auf mich.«

»Dann mal los, enttäusch das Mädel nicht!«

In der Straßenbahn fiel ihm ein, dass er seine Zeitmaschine noch nicht demontiert hatte, entgegen Dunkelfelds Aufforderung. Aber es war sowieso ungeschickt, weil eventuell auffällig, zu schnell nach dem Großschaden alles abzubauen, schließlich musste er diverse Sachen wie den alten Computer an ihre alten Plätze zurückbringen. Alex beschloss, es lieber Stück für Stück morgens zu tun, bevor jemand im Institut war. Eigenartig, er selbst wollte die ganze Angelegenheit loswerden, aber Dunkelfeld Anweisung schien im Gegenteil seine innere Dringlichkeit zu vermindern, wie in spontaner – Auflehnung nicht, eher Ablehnung von Autorität.

Es wartete natürlich niemand auf Alex in seiner Wohnung außer Dunkelheit, Kälte – die Kakteen waren noch in der Winterruhe – und einem leeren Anrufbeantworter. Keine CD ertrug er länger als zwei Minuten, Stille ebenso wenig.

162

Alex hatte darüber nachgedacht, Karin zu beichten, dass er sie belogen und das Wochenende im Institut mit seinem Experiment verbracht hatte, so sehr zermürbte ihn die Wartezeit bis zum Freitagabend. Obwohl verbringen nicht der richtige Ausdruck war, er hatte ja in den drei Tagen nichts erlebt. Seinen nächsten Geburtstag würde er drei Tage zu früh feiern müssen. Schließlich lief er in die »Kremlmauer«, ohne einen Entschluss gefasst zu haben. Es wäre durchaus eine Option, von selbst die neusten erfundenen Nachrichten vom Vater aus dem Krankenhaus zu erzählen, um die Ausrede glaubhafter werden zu lassen, aber er traute sich so eine Schauspielerei nicht ganz zu. Karin war zu seiner Überraschung schon da, sie stand aber nicht auf, als sie ihn kommen sah, um ihn zu küssen, sondern sagte nur: »Hallo, Alex.«

Offenbar war sie immer noch sauer. Der Kellner kam, um Karin ein Hefeweizen zu bringen, Alex bestellte ebenfalls eines. Eigentlich sah sie aus wie immer an einem Freitagabend, ganz in schwarz, mit Silberschmuck und in voller Kriegsbemalung. Alex sah jedoch, dass sie nicht seine Weihnachtsohrringe trug.

»Bist du noch so sauer, weil ich dich letztes Wochenende versetzt habe?« fragte er schließlich und verwünschte sich sofort innerlich, weil ihm nichts Besseres einfiel.

»Ein bisschen. Eigentlich nicht, es war auch gar nicht schlecht, mal wieder allein zu sein. Sauer bin ich eigentlich wegen etwas Anderem.«

Das verwirrte Alex vollends. »Und was, wenn ich fragen darf?«

»Das ist jetzt schwierig zu erklären. Sauer ist auch nicht das richtige Wort. Frustriert oder genervt, vor allem vom eigenen schlechten Gewissen.«

»Ich verstehe gar nichts mehr.«

»Alex, es geht nicht mehr. Wir passen nicht zusammen.«

»Wie?«

»Stell dich bitte nicht dümmer als du bist. Du hast doch auch schon gemerkt, dass es nicht stimmt zwischen uns.«

»Wenn du gerade davon redest, dass ich eventuell nicht alle von deinen Aktionen so toll finde —«

»Könnte man so sagen. Herrje, du riskierst nicht mal bei deinen Formulierungen etwas. Alex, ich habe mal gedacht, du würdest den ganzen Scheiß nicht nur nicht so bereitwillig schlucken wie alle anderen, sondern du könntest auch mal irgend etwas machen, irgend etwas riskieren. Stattdessen fährst du nur deine Nostalgie-Schiene und züchtest Kakteen. Sorry, Alex, ich mag dich wirklich gerne, aber es ist besser, wir trennen uns, bevor wir anfangen, uns zu hassen.«

»Nostalgie-Schiene…«

»Deine ganzen Jugend- und Kindheitserinnerungen, mit denen du mich zu den unpassendsten Zeitpunkten elendest, der alte Krempel, mit dem du deine Wohnung vollstopfst, merkst du das nicht? Das ist doch schon pathologisch. Du hörst dir die Musik aus deinen möchtegernwilden Jahren an oder gleich so Alte-Männer-Musik, so Country-Zeugs. Sorry, aber so alt und resigniert bin ich nicht, ich möchte mich noch nicht betäuben lassen.«

»Das ist ja schön, du noch rechtzeitig drauf gekommen bist.«

»Um ehrlich zu sein, die Silvesterparty war mit schuld. Ich hab ein paar Leute wiedergetroffen, die zwar genauso schön wie alle in der Hammelherde mitrennen, aber noch ein paar Jahre jünger sind und nicht verknöchert. Und dann bin ich zurückgekommen, und du warst so phlegmatisch und... Jedenfalls, da habe ich gemerkt, dass es so nicht weitergeht mit uns.«

»So... Du hast gemerkt, du hast entschieden... Bist du sicher, dass das noch was mit mir zu tun hat?«

Karin schien ein Schluchzen zu unterdrücken, aber das

konnte genauso gut Wut sein.

»Jetzt kommst du mir nur mit zweideutigen Spitzfindigkeiten. Wenn du dich wenigstens jetzt einmal aufregen würdest!«

»Ich bin leider nicht so programmierbar, wie du denkst. Oder gedacht hast. Du hast gedacht, ich würde als Komplize für deine Zwergenaufstände taugen, und weil das nicht klappt, werde ich schnell wieder vor die Tür gesetzt. Wenn das so ist, habe ich mich in dir allerdings auch getäuscht.«

»Ja klar, ich bin jetzt das Arschloch. Alex, sorry, aber wir hören am besten jetzt auf. Mit dir möchte ich keinen Krieg haben.«

Sie stand auf und er auch, von einem unerklärlichen Automatismus mitgezogen. Sie umarmte ihn und hatte tatsächlich eine Träne auf der Wange, wischte sie ab und zog den Deckel unter ihrem halbleeren Bierglas weg. Sie ging damit zur Theke, drückte ihn zusammen mit ein paar Münzen dem Kellner in die Hand und ging mit einem letzten Blick auf Alex hinaus. Alex hatte sich wieder hingesetzt. Wie betäubt. Dass sie mit ihm Schluss gemacht hatte, hatte er fast sofort verstanden, aber erst nach und nach ging ihm auf, was sie gesagt hatte. Wie von einem Schlag auf den Schädel gelähmt hatte er nicht im Entferntesten auf ihre Sätze reagieren können, irgend etwas hatte er halbautomatisch geantwortet. Er konnte sich sogar erinnern, was. Einer der vielen Ströme in seinem Kopf, die Schaumkrone auf diesem Strudel von Schmerz war die Wahrnehmung, dass die Karin, die in der Zeit mit ihm sanfter und milder geworden war, wieder die Feindselige, Aggressive geworden war, in die er sich verliebt hatte. Er hätte besser auf sie aufpassen und nicht die Solonummer mit der Zeitmaschine durchziehen sollen, ohne ihr etwas zu erzählen. Oder liebte er sie mehr, wenn sie ihn nicht liebte? Tat das alles nicht nur nicht höllisch weh, sondern war auch noch völlig paradox? Hatte er das nicht alles schon mehr als einmal gehabt? Wollte er immer nur Dinge, die er nicht haben oder mit denen er nichts anfangen konnte?

Er lief noch stundenlang durch die Nacht und wälzte ruhelos solche Fragen.

Am nächsten Vormittag wachte er nicht langsam auf, wie es für einen Samstag normal wäre – das Hellerwerden wahrnehmen, wieder eindämmern und träumen, wieder wacher werden und anfangen, den Kopf zu sortieren –, sondern war um halb neun plötzlich aus dem Schlaf zurück, er fühlte sich nicht besonders ausgeruht, aber hellwach, und alles was gestern gewesen war und was er darüber gedacht und gefühlt hatte, war wieder da. Er musste aus dem Bett und mochte sich auch im Bad nicht lange aufhalten. Ein Rest Brot reichte gerade für ein Frühstück, das sich nur im höheren Teeverbrauch von einem spartanischen Frühstück vor der Arbeit unterschied. Die zweite große Tasse trinkend stand er am Fenster und blickte hinaus über den Rand der Tasse, an der er beide Hände wärmte. Irgendwann würde ihm ihre Berührung fehlen, oder eher sie zu berühren, oder nur ein Blick oder ein Wort würde fehlen und wehtun. Irgendwann in naher Zukunft und für länger, wenn ein Teil der Wut erschöpft wäre und die letzte Berührung etwas länger zurückläge.

Die Wohnung war seit Tagen vernachlässigt, überall lagen Sachen herum, Geschirr war nicht gespült und Lebensmittel mussten eingekauft werden. Das war allerdings eher der vielen Arbeit der letzten Woche anzulasten. Alex machte sich zuerst über den Abwasch her und ging dann einkaufen, zuerst zum Bäcker, dann zum Supermarkt. Zwei warme Mahlzeiten für Samstag und Sonntag mussten her, aber nichts, was an das Fast Food oder die Fertiggerichte der letzten Wochen erinnern konnte. Er kaufte Kartoffeln, Gemüse und Vollkornnudeln.

Auf dem Rückweg kam Alex an der chemischen Reinigung vorbei, in der er vor zwei Jahren sein einziges Sakko hatte reinigen lassen, das er bei der mündlichen Prüfung und der Verteidigung seiner Dissertation durchgeschwitzt hatte. Das Ladenlokal besaß zwei Schaufenster, hinter einem war die Kasse und das Gestell mit der fertigen Wäsche zu sehen, hinter dem zweiten verlief eine niedrige Heizung, auf der Bank darüber drängten sich mehrere große Pflanzen, zwei Pfennigbäume, eine Yucca und ein Weihnachtsstern sowie ein Säulenkaktus. Alle Pflanzen waren groß und sichtbar gut gepflegt, Alex hatte über Jahre hinweg ihr Wachstum verfolgt. Die Yucca näherte sich mittlerweile der Decke und musste bald zurückgeschnitten werden. Den Kaktus hatte er zur Kenntnis genommen, aber sich nicht übermäßig interessiert, ein eher unscheinbarer, nur eben großer Säulenkaktus, mit vielen steil gefalteten Rippen und etwas filzigen Areolen mit kurzen dunklen Stacheln. Vielleicht etwas in Richtung *Triocereus* oder *Echinocactus*, eine Kreuzung vielleicht. Was ihm jetzt auffiel, war der Umstand, dass der Kaktus ein Stück unterhalb des Scheitels anfing, Blütenknospen zu treiben. Das war für einen Säulenkaktus mitten im Januar ungewöhnlich. Wurde ihm durch Heizung und Kunstlicht eine falsche Jahreszeit vorgetäuscht? Aber wie hatte der Kaktus dann überhaupt so gut gedeihen können? Oder wurde er durch etwas anderes gesteuert? Reagierte er auf die Dämpfe der chemischen Reinigungsmittel? Hatten die Betreiber vielleicht vor Kurzem andere Lösungsmittel als sonst eingesetzt? Bestimmte Chemikalien konnten wie Hormone auf Pflanzen wirken. Alex nahm an, dass Anlagen zur chemischen Reinigung grundsätzlich gegen die Freisetzung von Chemikalien geschützt sein müssten. Wie das im Einzelnen aussah und auf welchem technischen Stand gerade dieses Geschäft war, wusste er nicht. Aber für solche hormonartigen Wirkungen konnten wohl schon Spuren ausreichen.

Eine Dose »mexikanisches Mischgemüse« in seinem Rucksack drückte unangenehm mit einer Kante auf die Wirbelsäule. Alex krümmte den Rücken vor und zurück und ging weiter. Er musste unbedingt beobachten, wie sich der Kaktus weiterentwickelte.

Obwohl das Eingehen einer Beziehung niemanden dazu verpflichten kann, diese nicht wieder aufzulösen, empfindet derjenige, dem die Liebe aufgekündigt wird, das vielleicht nicht mal als ungerechtfertigt, aber immer als ungerecht, ohne sich Gedanken darüber zu machen, dass die Fortführung vielleicht auch ungerecht sein würde. Da solche moralischen Rechte im Grunde gegenstandslos sind, findet die Auseinandersetzung mit der Rechtsverletzung auf rational besser zugänglichen Gebieten statt wie dem Abrechnen mit den Argumenten und Verhaltensweisen des Anderen. Das ist genauso sinnvoll wie der Witz von dem Mann, der eine Münze im Schlafzimmer verloren hat, aber in der Küche sucht, weil es dort heller ist.

Einer von Karins Vorwürfen, derjenige, der Alex vielleicht am meisten schmerzte, war der der Feigheit, auch wenn sie es anders ausgedrückt hatte. Karin besaß eine Lust an der Sabotage und am Gesetzesbruch, die ihm abging. Wahrscheinlich lag das an seiner naiven Hingabe an die Naturwissenschaft, die ja auch längst Geschichte war. Jedenfalls hatte er verinnerlicht, dass allein der Gedanke, die Naturgesetze zu verletzten, Blödsinn war, und das hatte sich wohl auf die weltlichen Gesetzte übertragen. Ungeahndete Gesetzesverstöße ignorierte er mit einem peinlichen Berührtsein als sei es ein Bericht über angebliche Levitation[35], ein Verstoß gegen das Gesetz der Schwerkraft. Andere Leute hatten verinnerlicht, dass Gesetzesbruch nur eine Frage der Risikoabwägung war. Die unrechtmäßige Materialbeschaffung zu seiner Zeitmaschine hatte irgendwie in einer Grauzone stattgefunden, gewissermaßen auf überdehntem Gewohnheitsrecht basierend. Das Risiko des Zeitreiseexperimentes war größer als das, fremde Fotos zu klauen, aber er konnte Karin unmöglich davon erzählen, nur um Eindruck zu schinden. Die unfreiwillige Sabotage, die sich an das Experiment anschloss, hätte ihr vermutlich gefallen, ihm selbst aber gar nicht!

Schließlich nahm er ihr noch äußerst übel, wie sie sich über seine Musik und sein Erinnerungsbedürfnis geäußert hatte. Da war etwas sehr Unschönes serviert worden, was er gar nicht bestellt hatte. Das war keine Frage der Lebensphilosophie, sondern menschlich nicht in Ordnung. Hätte sie sich ja sofort beschweren können!

Er beschloss, ihr seine verhedderten Gedanken in einem Brief darzustellen, nicht in einer Email, sondern altmodisch auf Papier. Er fing an zu schreiben, korrigierte sich, fing einen zweiten Entwurf an, legte dann einen dritten Zettel mit einer Stichwortliste und einer kurzen Übersicht an und schrieb kurze Zeit später tatsächlich den Brief ins Reine. Auf Quellenverweise sowie ein Literaturverzeichnis verzichte er.

Karin,
Risikoabwägung heißt nicht, dass man nichts riskiert.
Es war sehr vertrauensvoll von dir, mir von deinen Aktio-

---

[35] Schweben eines Objektes ohne materiellen Kontakt. Meistens im parapsychologischen Sinne gebraucht und in diesem Zusammenhang bis jetzt ohne echten Nachweis. Außerdem gibt es technische Levitation, etwa durch magnetische oder elektrische Abstoßung.

nen zu erzählen, nur ist es nicht fair, meine andere Art, mich damit gedanklich auseinanderzusetzen, als Feigheit darzustellen. Man hätte es auch als Beweis von Vertrauen und Vertrautheit deuten können, wenn ich mir Sorgen um dich mache. (Verboten habe ich dir schließlich gar nichts! Wie auch!) Apropos Vertrauen: Wenn ich dich mit meinen Gedanken und Erinnerungen belästigt habe, war genau das die Voraussetzung. Nicht sehr nett zu hören, dass dich das alles nur angeödet hat, ebenso wie einiges von der Musik, die ich nun mal mag. Wenn du wirklich so eine Draufgängerin bist, hättest du mir ja gleich Bescheid sagen können, anstatt mir alles beim Schlussmachen auf die Rechnung zu setzen. Gleiches gilt für die Kakteen.

A propos unpassende Musik: Wenn man zum Sex solche Wutausbrüche auflegt wie Skunk Anansie[36] oder Hochdepressives wie Portishead[37], dann verrät das schon so Einiges. Nix gegen Portishead!

Ich finde es irgendwie arm, dass für dich eine Beziehung offenbar nur funktionieren kann, wenn beide dasselbe wollen, tun, denken, gutfinden. Mir scheint das

---

[36] Britische Band, 1994 – 2001. Muss man in diesem Jahrtausend nicht mehr kennen. Alternative Rock der wütenderen Sorte mit feministischen, antirassistischen und noch irgendwaskritischen Bezügen.

[37] Wichtigste Vertreter und mindestens Mitbegründer des »Trip Hop«, was eines der blödesten (unter vielen blöden) Etikette in der Geschichte der Popularmusik ist. Die Parallele zu Begriff Hiphop ließe sich mühsam durch ähnliche Rhythmen und die Gemeinsamkeit in der Verwendung von Samples rechtfertigen, Trip Hop unterscheidet sich jedoch durch die melancholische bis verzweifelte Grundstimmung das Fehlen von Rap, dafür meist weiblicher Gesang, sowie mehr Einsatz echter Musikinstrumenten. Die gelegentlich verwendete Bezeichnung »Bristol Sound« anstelle von Trip Hop ist auch nicht erhellender.

langweilig (was nicht heißt, dass es schon einige Über-
einstimmungen geben sollte).
    PS: Ich weiß ja nicht, wie oft du solche Auftritte schon
absolviert hast oder vor dir hast, aber du solltest nicht
»wir« sagen, wenn du »ich« meinst.
    Alex

Alex holte sein Fahrrad aus dem Keller, um den Brief
persönlich in Karins Briefkasten zu werfen. Vorher war
es nicht möglich gewesen, mit dem Rad zu Karin zu fahren, das Risiko war viel zu groß, dass ein in dieser an-
onymen Mietshaussiedlung abgestelltes Rad gestohlen
oder mindestens kaputtgemacht würde, egal wie gut es
abgeschlossen wäre. Jetzt brauchte er nicht einmal vom
Rad zu steigen, während er den Brief einwarf (Fahrrad
anhalten, Handschuhe ausziehen, Jacke aufmachen, Brief
aus der Innentasche nehmen, noch einmal ankucken und
einwerfen, Jacke zu, Handschuhe wieder an). Er fuhr sofort wieder zurück, wie ein Kampfpilot, der in einem
Überraschungsangriff seine Bombe über feindlichem Ge-
biet abwarf und sich sofort in Sicherheit zu bringen versucht. Langsam wurde es schon wieder dunkel, aus Karins Wohnung war von unten schwaches Licht zu sehen,
das musste aber nichts bedeuten.
    Die Frage war, ob und wann und wie sie antwortete, per
Email, SMS oder gar mit einem Anruf. Und erst einmal
musste sie den Brief finden und lesen. Möglicherweise
würde sie erst am Montagabend wieder in den Briefkasten kucken, oder heute Abend, weil jemand Reklame ein-
geworfen hatte. Oder vielleicht sogar, weil sie mit einem
Brief von ihm rechnete. Vielleicht war schon eine Antwort auf seiner Mailbox, vielleicht tat sich vor Montag-
nacht gar nichts. Alex beschloss, nicht direkt nacht Hause
zu fahren, sondern trotz der Kälte und Dunkelheit bis
zum Eisenbahngelände weiterzufahren.

Der Samstagabend und der Sonntag wurden nicht entscheidend besser, aber auch nicht schlimmer, da tatsächlich keine Antwort auf den Brief eintraf. Alex konnte sich davon zurückhalten, ständig in der Mailbox nachzuschauen, Händi und Telefon hatte er sogar abgestellt.

Am Sonntagmittag fuhr er ins Institut und nahm seine Kupferdrahtspulen auseinander. Der Draht wurde säuberlich wieder auf die leeren Spulen aufgewickelt und verschwand in irgendwelchen Schränken. Die hölzernen Rahmen zerschlug er und trug die Reste in einen Abfallcontainer. Verschiedener Elektroschrott wie der Joystick kam in den Container für Metallabfälle. Leider war der schon ziemlich voll, sodass der Joystick auffallen könnte. Hoffentlich würde der Müll bald abgeholt werden. Dann musste eigentlich nur noch der alte Computer wieder weg zu Karl, dessen Büro am Wochenende abgeschlossen war. Die Diskette mit dem Zeitmaschinen-Steuerprogramm und sämtliche schriftlichen Unterlagen hatte Alex bei sich zu Hause eingeschlossen. Es war bedrückend, wie schnell die ganze Anlage wieder verschwunden war.

Als Alex gegen zwei Uhr hungrig nach Hause fahren wollte, hörte er leise Musik aus Dunkelfelds Büro, etwas Klassisch-Bombastisches. Dunkelfeld hatte bestimmt gehört, dass Alex mit der Demontage beschäftigt war, und zumindest sein Fahrrad in der Halle gesehen, hatte ihn aber in Ruhe gelassen. Ob das Rücksicht, Verachtung, Desinteresse oder sonst etwas war, konnte man bei Dunkelfeld nicht wissen, Alex war aber heilfroh darum. Er hätte Dunkelfeld, wenn überhaupt, erst später hier erwartet.

Am Sonntagabend hätte er Schwierigkeiten gehabt, sich daran zu erinnern, was er an den letzten zwei Tagen getan hatte. Es war ihm ganz recht, morgen früh wieder zur Arbeit ins Institut zu müssen, der eine Ärger würde ihn von dem anderen ablenken.

Über Nacht hatte ein leichter Schneefall eingesetzt, das brachte ihn für den Moment auf andere Gedanken. Es gab der Stadt etwas Geisterhaftes, solange es noch dunkel war. Außerdem konnte man damit rechnen, dass die autofahrenden Kollegen später kommen würden. Im Labor liefen alle Geräte normal, die Drucke in den Vakuumanlagen waren zufriedenstellend niedrig.

Er und Lukas hatten am Freitag beide Vakuumapparaturen zum Ausheizen fertig gemacht, nachdem bis Donnerstag alles gereinigt und die Anlagen wieder verschlossen und evakuiert waren. Sämtliche elektrische und sonstige Zuleitungen, die brennen oder schmelzen konnten, hatten abmontiert und die Anlagen mit elektrisch beheizbaren Hauben verkleidet werden müssen. Jetzt würde Alex die Regeltrafos hochdrehen und die Apparaturen bis zum Nachmittag auf knapp zweihundert Grad aufheizen. Auf dieser Temperatur würden sie bis zum nächsten Morgen bleiben, bis das Wasser und der sonstige Dreck, der auf den Innenwänden kondensiert war, verdampft und abgepumpt war, dann würde Alex die Heizungen herunterfahren und die Apparaturen langsam abkühlen lassen. Am Dienstagnachmittag schließlich würden er und Lukas anfangen, die dann saubereren Anlagen wieder in Betrieb zu nehmen.

Kurz vor Mittag ging Alex zu Karls Büro und musste festzustellen, dass es noch abgeschlossen war. Er stand einen Moment unschlüssig vor der verschlossenen Tür, zischte dann ziemlich laut so etwas wie »Scheiße!«, drehte sich um und wollte gehen. Karl, noch in Mantel und Schal, kam den Gang entlang und war schon fast auf gleicher Höhe mit ihm. Alex hatte ein schlechtes Gewissen, Karl musste ihn gehört haben.

»Sorry, ich hatte einen Termin beim Jugendamt wegen den Kindern. Ein gemütliches Wiedersehen mit der Ex sozusagen.«

»Sorry, ich wollte nur den Rechner von neulich zurückbringen. Ich hab ihn jetzt doch nicht gebraucht.«

»Wolltest du nicht irgendwelche Daten auslesen?«

»Ja, aber die waren schon anderweitig vorhanden, wie sich rausgestellt hat.«

»Dann bring das Zeug mal her. Das muss ich ja rot im Kalender eintragen, wenn hier jemand was Geliehenes unaufgefordert zurückbringt.«

Alex atmete innerlich auf. Zum Glück hatte er nach zwei Gängen alles in Karls Büro, der Rechner verschwand unter dem Tisch, wo er immer gestanden hatte, und gut war's.

»Du hast die Daten auf dem Server gefunden, nehme ich an?«, fragte Karl. Alex bejahte.

»Nicht schlecht, ich hatte die absichtlich ein bisschen versteckt. Der Jürgen, dein geschätzter Vorgänger – den hast du glaube ich gar nicht mehr gekannt –, hat mich nach seiner Promotion so ausgebootet, dass ich seine Ergebnisse ein bisschen habe verschwinden lassen. Waren ja auch nicht seine allein.«

»Oh... Naja, ich habe einfach eine Stichwortsuche über den Server laufen lassen, hab eigentlich ganz was anderes gesucht.« Stimmte zwar alles nicht, aber Alex wollte das Thema »Hacken« im Zusammenhang mit dem Server nicht wieder hochkommen lassen.

»Ohne mich hätte er das nicht zusammengekriegt, und erst haben wir prima zusammengearbeitet. Hat richtig Spaß gemacht, mit ihm bis spätabends im Labor zu schrauben. Aber nach der ersten Konferenz, wo er mit den Ergebnissen dicke tun kann, wird er größenwahnsinnig, will alles besser wissen und alles alleine machen.«

»Oh, Scheiße. Was haben die anderen dazu gesagt?«

»Was sollen die groß sagen, ein paar haben ihn bewundert, dem Rest war es egal.«

»Und Dunkelfeld?«

»Solange der Laden läuft, ist ihm das auch egal, und der Laden läuft immer. Der nimmt es wahrscheinlich amüsiert zur Kenntnis, wenn sich die Leute beharken. Der stellt die Leute eh nur nach Noten und Ehrgeiz ein und nicht nach Sympathie.«

Alex nickte. Man hörte Schritte auf dem Gang, die Kollegen kamen, um Karl abzuholen. Christoph steckte den Kopf zur Tür rein und fragte: »Hi, wie sieht es mit Essen aus?« und zu Alex: »Ach, hier steckst du.«

»Joh, zweites Frühstück.« meinte Karl und grinste.

»Wie war's heute mit der Ex?« fragte Christoph, »Hat es viel Zoff gegeben?«

»Nö, war geradezu entspanntes Plaudern. Mittlerweile können wir nicht nur halbwegs normal über die Kinder reden, sondern sogar einigermaßen entspannt darüber, wie wir uns früher gezofft haben. – Na, Hauptsache, ich kriege die Kinder jetzt öfter.«

Nachmittags war die Temperatur im Labor durch das Ausheizen auf über dreißig Grad gestiegen und dabei sehr trocken. Es roch nach verbranntem Staub, wie jedes Mal. Da die heiße Luft von der Anlage aufstieg und im Raum zirkulierte, verteilte sich der Staub gleichmäßig in der Raumluft. Der Druck in den Anlagen, der beim Aufheizen zunächst stark anstieg, war bereits wieder etwas gefallen, ein gutes Zeichen. Um sich aufzuwärmen, blieb Alex ein paar Minuten länger als nötig zum Kontrollieren der Instrumente.

Am Dienstagabend fand Alex einen Brief von Karin in seiner Post, eine kurze handgeschriebene Seite:

Alex
Dass du deine Wut rauslässt, wenn du verletzt bist, ist

ok. Die Art wie zeigt aber letztens Endes nur, dass ich recht habe und wir nicht zusammenpassen. Ich vermisse dich irgendwie, aber es ist besser so, dass es rechtzeitig zu Ende gegangen ist.

Mach's gut. Karin

Alex hatte den Brief noch im Treppenhaus gelesen. Es ging in seine Wohnung, legte seinen Rucksack ab und ging sofort wieder. Ihr Pseudoverständnis machte ihn so wütend, dass er sich einfach bewegen musste. Sein erster Impuls war, ihr noch einmal zu schreiben und ihre Vorwürfe detailliert auseinander zu pflücken. Aber eigentlich regte ihn an diesem Brief am meisten auf, dass Karin das letzte Worte behalten wollte, ohne dass sie wirklich etwas zu sagen hatte. Alex lief eine große Runde durch die Nachbarschaft, die Hände geballt in den Jackentaschen vergraben, den Blick starr an allen Entgegenkommenden vorbei gerichtet und in einem Tempo, als wollte er diese wenigen Entgegenkommenden umrennen. Im letzten Augenblick wich er aus und hastete weiter, böse Blicke und entsprechende Bemerkungen im Nacken.

Nachdem er im Kopf verschiedene Argumente aus seinem ersten Brief aufgegriffen, weiter ausgewalzt und wieder verworfen hatte, sah er zähneknirschend ein, dass es keinen Zweck hatte. Entweder würde sie gar nicht antworten oder so nichts sagend wie jetzt oder aber er würde sie so attackieren, dass sie sich wehren würde. Hätte das irgendeinen Sinn? Die Trennung wäre dann noch deutlicher, er hätte vielleicht etwas weniger Wut und mit Sicherheit ein schlechtes Gewissen. Alles Unsinn!

Alex fiel auf, dass er die Straße mit dem Wäscherei-Kaktus beziehungsweise der Kaktuswäscherei entlang lief. Er ging weiter zu dem gelblich erleuchteten, von innen beschlagenen Schaufenster. Aus den Knospen des Kaktus lugten die Spitzen von gelben Blütenblättern. Einem in Gefangenschaft gelb blühenden *Cereus* hatte er noch nie gesehen! Es war kurz vor sieben, gleich würde der Laden schließen. Alex holte tief Luft und ging hinein. Zum Glück war kein Kunde mehr darin, die Frau hinter der Theke schien schon die Kasse abzurechnen.

»Guten Abend.«

»N'Abend. Sie wollen etwas abholen?«

»Äh, nein. Ich wollte fragen, ob sie eventuell den Kaktus da im Schaufenster verkaufen.«

»Wie bitte? Den Kaktus?«

»Ja, genau.«

»Also, das weiß ich nicht... Der gehört der Chefin, wenn, dann müssen Sie die fragen.«

»Wann kann ich die fragen? Ist die nicht hier?«

»Doch, hinten bei der Heißmangel. Haben Sie's wirklich so eilig?«

»Ja, können Sie sie bitte fragen?«

Die Frau ging nach hinten, alles andere als begeistert. Alex hörte sie mit einer anderen Frau sprechen. Er verstand den Wortlaut nicht, weil sie absichtlich leise sprachen, der Tonfall hätte ihm bei anderer Gelegenheit Sorgen gemacht. Schließlich kam die Inhaberin. Alex erkannte sie wieder, sie ihn nicht, da er zwei Jahre lang nicht mehr im Laden gewesen war, seit seiner Prüfung.

»N'Abend. Sie wollen den Kaktus kaufen?«

»Ja, genau. Reichen – sagen wir – vierzig Euro?«

»Junger Mann, wir sind keine Gärtnerei. Und den Kaktus habe ich jahrelang großgezogen!«

»Ich weiß. Und der Kaktus ist ja auch prächtig gewachsen. Ich bin Botaniker, und der Kaktus ist sonst nicht zu bekommen. Fünfzig Euro.«

Die Inhaberin seufzte. »Ich habe keine Lust ihn abzugeben, wenn er gerade blühen will. Und nur damit er unterm Mikroskop landet...«

»Tut er nicht, er bleibt garantiert heil und wächst weiter. Es sei denn, sie könnte mir vielleicht einen Steckling überlassen. Den könnte ich dann einpflanzen.«

»Jetzt, im Winter?«

»Nicht schlecht«, dachte Alex, »sie scheint sich auszukennen.« »Ich müsste ihn sowieso antrocknen lassen, mindestens zwei Wochen und —«

»Moment. Bevor ich Sie gar nicht mehr los werde.«

Sie lief nach hinten. Ihre Angestellte hatte sich zum Nachhausegehen fertig gemacht, stand jetzt aber unschlüssig im Mantel hinter der Theke. Schließlich kam die Inhaberin zurück mit einem Blumentopf in der Hand, in dem offenbar ein aus der Mitte eines großen Kaktus' herausgeschnittenes Stück eingepflanzt war. Aus einer Areole am oberen Ende wuchs der Kaktus weiter. Es sah ein bisschen aus, als hätte jemand eine Gurke an das große Kaktusstück geklebt. Alex nahm ihn, um ihn mit dem großen Kaktus zu vergleichen. Die Areolen, Stacheln, Rippen, Farbe, alles war identisch.

»Der Große hatte einen Zwilling, der ist umgekippt, und ich habe mehrere Stecklinge draus gemacht. Das mit der Schnittstelle wächst sich raus. So in zehn Jahren vielleicht. Aber das wissen sie ja.«

»Ok, dann nehme ich den.«

»Fünfzig Euro.«

»Für den Kleinen?«

»Ja. Wollen Sie ihn jetzt? Ich hatte schon vor fünf Minuten Ladenschluss!«

Wortlos holte Alex sein Portemonnaie hervor, zog einen Fünfzig-Euro-Schein heraus und legte ihn auf die Geldschale auf der Theke. Er nahm den Kaktus, grüßte und war draußen.

Eigentlich wollte er stehenbleiben, durchatmen und sich seine neue Errungenschaft in Ruhe ansehen, aber mit Verspätung wurde ihm die ganze Szene peinlich und er ging lieber weiter, um die nächste Ecke und sofort nach

Hause, nahm er sich vor.

Ein paar Häuser weiter stand etwas auf dem Bürgersteig, das nach Sperrmüll aussah. Alex ging automatisch darauf zu auf der Suche nach Verwertbaren, den Kaktustopf fest im Arm haltend. Es waren jedoch nur die Bestandteile eine alten Ladentheke, ein paar zerlegte Möbel, zusammengerollter Fußbodenbelag und undefinierbarer Kleinkram. Ihm fiel auf, dass er vor dem Haus mit dem »Vitamin-Reich« stand. Die Schaufensterscheiben waren komplett mit Zeitungspapier zugeklebt, die Theke war nicht auseinandergenommen worden, um wiederaufgebaut zu werden, sondern ohne Rücksicht auf Beschädigungen abgerissen. Der Laden war dunkel, kein Hinweis, ob das Café umzog, ganz geschlossen oder nur umgebaut wurde. Was wohl aus der Palme geworden war?

Literatur:

Backeberg, Curt: Das Kakteenlexikon, VEB Gustav Fischer Verlag, Jena, 1970

Backeberg, Curt: Wunderwelt Kakteen, VEB Gustav Fischer Verlag, Jena, 1961

Becker/Sauter: Theorie der Elektrizität 1, B. G. Teubner, Stuttgart, 1973

Richard P. Feynman, Robert B. Leighton, Matthews Sands: Feynman Vorlesungen über Physik, Bd. 1, Mechanik, Strahlung, Wärme, Oldenburg Verlag GmbH, München, 1987

L. D. Landau, E. M. Lifschitz: Lehrbuch der Theoretischen Physik, Bd. II, Klassische Feldtheorie, Akademie Verlag, Berlin, 1976

Sonic Youth: Dirty, Geffen, 1992

Thompson, Dave: Nirvana - Das schnelle Leben des Kurt Cobain, Heyne, München, 1994

Unter anderem wurden wikipedia.de und wikipedia.en zur Überprüfung der Fußnoten benutzt.